Albert Ludwig Grimm

Die sieben Reisen Sindbads des Seemannes

Albert Ludwig Grimm

Die sieben Reisen Sindbads des Seemannes

ISBN/EAN: 9783954272310
Erscheinungsjahr: 2012
Erscheinungsort: Bremen, Deutschland

www.maritimepress.de | office@maritimepress.de

Bei diesem Titel handelt es sich um den Nachdruck eines historischen, lange vergriffenen Buches. Da elektronische Druckvorlagen für diese Titel nicht existieren, musste auf alte Vorlagen zurückgegriffen werden. Hieraus zwangsläufig resultierende Qualitätsverluste bitten wir zu entschuldigen.

Der eine Rock ließ das Felsenstück fallen

Die sieben Reisen Sinbads des Seemannes

Bearbeitet von

Albert Ludwig Grimm

*EDITED WITH NOTES, EXERCISES
AND VOCABULARY*

BY

K. C. H. DRECHSEL, A.M.

MASTER OF GERMAN, EPISCOPAL ACADEMY
PHILADELPHIA, PA.

AMERICAN BOOK COMPANY
NEW YORK CINCINNATI CHICAGO

PREFACE

It is believed that teachers of German in this country will find that there is a real need for such a book as "Sinbad." The advanced student is well provided for, as we are rich in Classics, admirable *Geistesnahrung* for riper minds; the very young beginner is overwhelmed with the wealth of books suitable for him in language and story. But what of the luckless boy or girl beginner of riper age, either struggling with the too difficult language of a book suitable for them as to subject matter, or turning away with — we must acknowledge it — justifiable disgust from the books which, though adapted to them as to language, are meant to be read by children six or more years their juniors and which cannot possibly interest them in the least?

It is to such that this selection from the *Arabian Nights,* written in the purest German and teeming with life and adventure, will be welcome; a boon to the teacher, who will not need to waste his energies in driving his pupils to study their lessons, and a genuine pleasure to the student, who will not need his teacher's coercion.

It is intended to be chiefly a text for supplementary reading, suitable either for the latter part of the first year of the study of German or for the beginning of the second year. A few drill questions, both in German and English, have been added at the end of the text, although merely as suggestions; they may readily be amplified, as the story will be found very serviceable as a basis for conversational exercises. The notes are also necessarily brief but the vocabulary is intended to be complete.

Karl C. H. Drechsel.

CONTENTS

5

Die erste Reise des Seemannes Sinbad

I.

Sinbad war noch jung, als seine Eltern starben. Sie hinterließen ihm ein schönes Vermögen, und er meinte nun, sein Reichtum könnte gar kein Ende nehmen, und lebte in den Tag hinein. Er arbeitete nichts, sondern aß und trank, lud täglich große Gesellschaft zu sich, bewirtete sie aufs allerbeste und verpraßte so in kurzer Zeit den größten Teil seines Vermögens.

Sein Hausverwalter war ein treuer, alter Diener, der schon längst bei seinem Vater gedient hatte. Diesem tat es weh, daß der Sohn seines guten Herrn die wohlerworbenen Güter seines Vaters so vergeudete, und er bedauerte ihn, weil er wohl einsah, daß er in kurzer Zeit darben müßte, wenn er so fortlebte. Darum faßte er sich eines Tages ein Herz, trat vor Sinbad und stellte ihm vor, wie schlecht es um sein Hauswesen bestellt wäre. Da ging Sinbad in sich und beschloß, sein Leben zu ändern. Er sammelte die Reste seines Vermögens, verkaufte, was er hatte, kaufte sich nach dem Rate einiger wohlmeinenden Kaufleute verschiedene Waren und reiste nach Balsora. Dort bestieg er mit mehreren Kaufleuten ein Schiff, das sie gemeinschaftlich ausgerüstet hatten, und segelte ab. Sie fuhren durch den persischen Meerbusen, indem sie sich bald rechts mehr der Küste des glücklichen Arabiens, bald links mehr der Küste von Persien näherten. Aus dem persischen Meerbusen kamen sie in das indische Meer und steuerten nun auf die Insel Wakwak zu, die viele hundert Meilen gegen Morgen gelegen sein soll. Auf der Reise landeten sie bei manchen Inseln und setzten ihre Waren gegen andere Waren sehr vorteilhaft um.

Nachdem sie so schon mehrere Monde auf der See gefahren waren, überfiel sie plötzlich eine völlige Windstille. Man strich die Segel, und da man in der Nähe eine kleine flache Insel gewahrte, erlaubte der Schiffskapitän allen, die Lust dazu hätten, ans Land zu steigen, bis die Windstille aufhörte.

Sinbad fuhr mit einigen seiner Reisegefährten in der Schaluppe an's Land. Die Insel war sehr klein und dem Wasser fast gleich. Keine Staude, kein Grashalm wuchs darauf, und Sinbad wunderte sich, daß der Boden so weich und schlammig war, wenn man darauf ging, daß man aber dennoch nicht darauf einsank, selbst die Schuhe nicht schmutzig machte. Sie hatten Holz und einiges Küchengeräte mitgenommen, zündeten ein Feuer an, aßen und tranken und ruheten von der ermüdenden Seereise.

Ihre Freude dauerte aber nicht lange. Auf einmal erzitterte die Insel so heftig, daß etliche, die eben standen, umfielen; die Sitzenden aber konnten auch nicht einmal aufrecht sitzen bleiben und sanken auf die Seite. Auf dem Schiffe hatte man die Bewegung der Insel bemerkt, und der Matrose, der im Mastkorbe saß, rief ihnen zu: „Rettet euch, ihr sitzt auf einem Kraken."

„Was iſt das?“ fragte Sinbad einen ſeiner Gefährten.
„Ein Krake iſt ein großes Meertier,“ war die Antwort,

„das oft jahrelang unter dem Waſſer lebt und dann
auf einige Stunden heraufkommt. Es taucht aber ſehr
bald wieder unter. Rettet, rettet euch!“ Mit dieſen
Worten ſprang er in die Schaluppe, andere folgten
und fuhren ab; wer gut ſchwimmen konnte, ſprang ins
Waſſer und ſchwamm nach dem Schiffe hinüber. Nur
Sinbad war allein noch auf dem Kraken. Die Schaluppe war ſchon nahe am Schiffe, und er konnte nicht
ſchwimmen. Er geriet in Verzweiflung, weinte und
ſchrie, allein vergebens! Eben rauſchte ein Windſtoß
über die Wellen hin und ſauſte, daß man ſein Schreien
auf dem Schiffe gar nicht mehr hören konnte; auch war
dort alles beſchäftigt, die Schwimmenden aufzufangen
und die Leute aus der Schaluppe aufzunehmen. In-

dem Sinbad hinsah, tauchte auf einmal der Krake unter, und er stand in dem bodenlosen Wasser und wäre dem Kraken gewiß nachgesunken, wenn er nicht noch ein Scheit Holz ergriffen hätte, das seine Gefährten mit sich gebracht hatten, um Feuer damit zu machen.

Er hielt das Holz fest und hoffte, auf diese Weise vielleicht doch das Schiff noch erreichen zu können. Allein der Schiffskapitän benutzte den günstigen Wind, ließ die Segel aufspannen, und das Schiff war in wenigen Augenblicken so fern, daß ihm alle Hoffnung, es zu erreichen, genommen wurde.

Da schwamm der arme Sinbad, nun ein Spiel der Wellen, und hielt das Holz fest umklammert. Die Wogen trieben ihn hierhin und dorthin; den ganzen Tag und die folgende Nacht kämpfte er um sein Leben. Am anderen Morgen verließ ihn aber die Kraft. Er wollte eben das Holz loslassen, da riß ihn eine starke Woge mit sich fort und warf ihn an das Ufer einer Insel. Aber das Ufer war sehr hoch und schroff, und kein Weg führte hinauf. Da sah er eine Baumwurzel hervorstehen, diese umfaßte er und stieg so mit großer Anstrengung an derselben hinauf. Oben legte er sich auf den grünen Rasen, um sich von seiner Ermattung ein wenig zu erholen. Er schlief denselben Tag und die folgende Nacht bis tief in den Morgen hinein.

Als er erwachte, war er von Arbeit und Hunger immer noch sehr erschöpft. Er suchte sich einige eßbare Kräuter und eine gute Quelle, an der er sich erfrischte. Nun ging er mit erneuerten Kräften tiefer in die Insel

hinein und kam auf eine schöne Ebene, wo er mehrere,
ungefähr zweijährige Füllen weiden sah. Als er näher
hinzukam, fand er, daß sie alle mit langen Seilen an
eingeschlagene Pfähle gebunden waren. Sinbad wunderte sich über ihre Schönheit und sah umher, ob nicht
etwa ein Mensch in der Nähe wäre. Indem hörte er
eine Stimme, die aus der Erde zu kommen schien. Bald
darauf kam auch ein Mensch hervor und fragte ihn,
wer er wäre. Sinbad erzählte ihm sein Schicksal. Der
Mensch faßte ihn aber bei der Hand und rief: „Komm
nur mit mir und danke dem Himmel, daß er gerade
jetzt dich hierhergeworfen hat. Einen Tag später wärest
du auch hier ohne Hilfe gewesen.“

Er führte ihn in eine unterirdische Grotte, wo noch
einige Männer saßen und sich nicht wenig über die Ankunft des Fremden wunderten. „Wer seid ihr denn?
und was treibt ihr hier?“ fragte Sinbad, und sie antworteten ihm: „Wir sind die Reitknechte des Königs
Mihrage, der über diese Insel herrscht, und kommen
alle Jahre um die nämliche Zeit hierher, um seine
jungen Pferde drei Wochen hier weiden zu lassen; denn
die Kräuter, die in dieser Gegend wachsen, stärken sie
für ihr ganzes Leben so, daß ihnen ein anderes Pferd
an Schnelle und Kraft bei weitem nicht gleichkommt.
Damit uns die jungen Füllen aber nicht durchgehen
oder zu viele Mühe machen, binden wir sie täglich bald
da, bald dort mit langen Seilen an Pfähle. Sie können
auf diese Weise doch frei umherlaufen. Heute sind wir
nun drei Wochen hier, und morgen sehr früh kehren wir

nach der Hauptstadt des Landes zurück. Wäreft du also morgen gekommen, so hätteft du keinen Menschen hier angetroffen, denn wir kommen erft übers Jahr wieder."

Sinbad war über diese Nachrichten sehr froh und erkundigte sich nun, warum sie sich unter der Erde verborgen hätten. „Das geschieht deswegen," antworteten sie, „weil manchmal ein Seeungeheuer aus dem Meere heraufkommt und die jungen Pferde zerreißen will. Wenn es uns stehen sieht, so kümmert es sich gar nicht um uns, sondern holt sich immer eins derselben weg; wenn wir aber verborgen liegen und dann mit einem Male laut schreiend hervorstürzen, so wird es davon überrascht und kehrt nach dem Meere zurück."

Die Reitknechte des Königs Mihrage erquickten den hungrigen Sinbad mit Speise und Trank, und indem er noch aß, kam auf einmal ein Seeungeheuer aus dem Meere herauf. Es wetzte seine Zähne an einem Felsstücke, und die Junken flogen davon, indem es wetzte. Hierauf eilte es auf das nächste Füllen zu, um es zu zerreißen. Da stürzten aber auch die Reitknechte alle zumal aus ihrem Verstecke hervor und liefen mit lautem Geschrei auf das Seeungeheuer zu, und es sprang mit einem Satze wieder über das schroffe Ufer in das Meer zurück.

____

2.

Am anderen Morgen machten sie sich auf und kehrten nach der Hauptstadt der Insel mit ihren Füllen zurück

und nahmen Sinbad mit ſich. Der König Mihrage
ließ ihn vor ſich führen, und er mußte ihm ſeine Ge-
ſchichte erzählen. Sein erlittenes Unglück rührte den
König. Er befahl ſeinen Dienern, für Sinbad zu ſorgen, und lud ihn ein, bei ihm zu bleiben, ſolange es
ihm gefiele. Sinbad nahm dieſe Einladung mit vielem
Danke an und ward ſo anſtändig und reichlich mit allen
Bedürfniſſen des Lebens verſorgt, daß er ein ſorgen-
loſes, vergnügtes Leben führen konnte. Er machte bald
Bekanntſchaft mit Kaufleuten und erkundigte ſich um
Nachrichten aus Bagdad, ging häufig an den Hafen
der Stadt, der täglich von Schiffen aus allen Welt-
gegenden beſucht ward, um ſogleich zu erfahren, wenn
ein Schiff käme, mit welchem er nach Balſora zurückkehren könnte.

Wenn er ſolche Gänge gemacht hatte, beſuchte er auch
die Gelehrten der Stadt und belehrte und unterhielt
ſich in ihrer Geſellſchaft. Von Zeit zu Zeit machte er
auch dem Könige ſeine Aufwartung, und dieſer lud ihn
oft zu ſich zur Tafel.

Einſtmals ſaß er auch mit dem Könige zu Tiſche. Da
ward dem Könige die Nachricht gebracht, man höre den
Degial wieder jegliche Nacht auf ſeiner Inſel lärmen
und toben. Der König ward darüber ſehr beſtürzt, und
Sinbad fragte, wer der Degial ſei, und was ſein Lärmen denn zu bedeuten habe. „Wie?“ rief der König,
„du biſt ein Bekenner des Mahomed und weißt nicht,
daß der Degial ein böſer Geiſt iſt, der am Ende der
Welt kommen und ſich die ganze Erde untertänig

machen wird? Nur die heiligen Städte Mekka, Medina,
Tharsus und Jerusalem werden dann vor ihm sicher
sein, denn sie werden von Engeln geschützt. Dieser Degial aber wohnt auf einer Insel meines Königreiches,
die Khas-El genannt wird. Es kann dort kein Mensch
leben; denn er lärmt und rumort dort die meiste Zeit
des Jahres hindurch jede Nacht und hat die Insel ganz
für seine Haushaltung eingerichtet. Unter der Erde
hat er seine Küche, und die Berge sind seine Schorn-
steine und rauchen Tag und Nacht. Manchmal muß er
aber große Gastereien halten; alsdann fährt das Feuer
oben zu den Bergen heraus. Er war vor einiger Zeit
ziemlich ruhig, aber da er nun aufs neue zu rasen an-
fängt, fürchten wir immer, das Ende der Welt sei nahe,
und er werde sein Regiment bald anfangen.“

Sinbad zeigte bei dieser Erzählung großes Verlangen, die wunderbare Insel Khas-El zu sehen. Der
König Mihrage war erstaunt über diesen Mut. Da er
ihm aber in allen Dingen sehr gefällig war, ließ er
sogleich ein Fahrzeug ausrüsten und erlaubte ihm, mit
demselben nach der Degial-Insel hinzufahren. Er
warnte ihn aber, ja nicht zu verwegen zu sein; denn
der Degial lasse nicht mit sich spaßen.

Sinbad fuhr ab, und in zwei Tagen kam er schon der
verrufenen Insel nahe. Das Meer war in dieser Gegend voll von allerlei garstigem Gewürme und Wasser-
schlangen, von welchen manche hundert bis zweihundert
Ellen lang waren; andere trugen Eulenköpfe. Aber
nur das Aussehen dieser Tiere war fürchterlich, sie

flohen scheu davon, als das Schiff sich näherte. Die Berggipfel der Insel rauchten, und zuweilen fuhr glühende Asche daraus empor. Dabei donnerte es unter der Erde so heftig, daß der Boden davon erzitterte. Übrigens fand Sinbad den Boden dieser verlassenen Insel äußerst fruchtbar.

Er reiste wieder zu dem Könige Mihrage zurück und sprach zu ihm: „Mein großer König, ich habe die Degial-Insel nun ganz in der Nähe gesehen und bin darauf umhergewandelt. Deine Untertanen haben sie mit Unrecht so sehr verrufen, und es ist Sünde, daß ein so herrliches Land unangebaut liegt, da es doch die köstlichsten Produkte hervorbringen könnte. Das Getöse habe ich zwar auch gehört, habe auch die rauchenden Berge gesehen; allein dies alles ist eine ganz natürliche Erscheinung, die keineswegs einem bösen Geiste zuzuschreiben ist. Solche Berge sollen im Abendlande mehrere sein, und die Einwohner jener Gegenden nennen sie Vulkane oder feuerspeiende Berge.“ Diese Nachrichten beruhigten den König sehr; denn er setzte großes Vertrauen in Sinbad. Er beschloß sogar selbst bald einmal nach der Insel zu schiffen.

3.

Wenige Tage nach seiner Zurückkunft ging Sinbad wieder einmal am Hafen auf und ab. Eben lief ein Schiff ein und warf Anker. Nun wurden die Waren ausgeladen, und die Kaufleute brachten sie in die Vor-

ratshäuser. Mehrere Ballen wurden ausgeladen und
auf den freien Platz an dem Hafen gelegt, ohne daß
sich jemand besonders derselben annahm. Sinbad trat
hinzu und fand, daß sie mit seinem Namen bezeichnet
waren.

Indem er sie so betrachtete, kam der Schiffskapitän,
und Sinbad, der ihn sogleich erkannte, fragte ihn, um
zu sehen, ob er ihn auch noch kenne: „Wem gehören
diese Warenballen?" — „Ach," antwortete der Seemann, „ich hatte einen Kaufmann aus Balsora in meinem Schiffe, der auf unserer Reise mit seinen Waren
sehr viel gewonnen hatte. Er hieß Sinbad. Dieser
stieg eines Tages mit etlichen unserer Reisegefährten
auf eine kleine Insel. Sie machten ein Feuer und
lagerten sich umher. Die Insel war aber jenes Seeungeheuer, das man Krake nennt. Es spürte das Feuer
und tauchte unter. Die Leute retteten sich teils in der
Schaluppe, teils auch durch Schwimmen. Aber der
wackere Sinbad ist nicht zurückgekommen. Er ist in
den Wellen ertrunken. Nun führe ich seine Waren mit
mir, bis ich sie vorteilhaft verkaufen kann, und den
Gewinn will ich seinen Verwandten einhändigen, wenn
ich glücklich zurückkomme."

„Ei, so gib sie lieber ihm selbst!" rief Sinbad. „Dieser Sinbad, den du für ertrunken hältst, bin ich ja, und
diese Waren gehören mir." Da schlug der Schiffskapitän die Hände über dem Kopfe zusammen und rief:
„Großer Gott! wem darf man heutigen Tages noch
trauen? Habe ich doch selbst den unglücklichen Sinbad

vor meinen Augen mit den Wellen und dem Tode ringen sehen; alle Reisenden auf meinem Schiffe haben ihn
versinken sehen, und du bist schamlos genug und unter-
stehest dich, mir ins Angesicht zu behaupten, du wärest
der ertrunkene Sinbad.“

Sinbad bat ihn, er möge sich doch beruhigen, damit
er ihm beweisen könne, daß er die Wahrheit rede. Er
erzählte ihm hierauf die Geschichte seiner Rettung und
forderte ihn auf, sich sogleich bei dem Könige Mihrage
zu erkundigen, ob er diesem nicht schon längst seine
Geschichte auf dieselbe Weise erzählt habe.

Indem ihn der Schiffskapitän noch zweifelnd betrachtete, kamen einige von der Schiffsgesellschaft an ihnen
vorbei. Sie erkannten Sinbad und bewillkommten ihn
auf das herzlichste. Da ward der Kapitän endlich über-
zeugt und erinnerte sich auch seines Gesichtes wieder.
Er fiel ihm um den Hals und rief: „Nun, gelobt sei
Gott, der dich errettete. Ich freue mich von Herzen,
daß ich dir dein Gut wieder zustellen kann. Nimm es,
und handle damit nach deinem Gefallen.“

Sinbad dankte ihm und bot ihm als Zeichen seiner
Dankbarkeit einen Teil seiner Waren an. Der Seemann nahm aber durchaus nichts davon an. Nun
wählte Sinbad das Kostbarste aus, was er in seinen
Ballen hatte, und brachte es dem König Mihrage als
ein Geschenk. Mihrage war sehr erstaunt, daß ein
Mann, der seinen ganzen Lebensunterhalt seiner Gnade
verdankte, ihm ein so reiches Geschenk darbringe, und
fragte ihn, wie er zu diesen Seltenheiten komme. Er

war sehr erfreut, als er hörte, daß Sinbad wieder in
den Besitz seines Eigentumes gekommen sei, und nahm
sein Geschenk gnädig auf, machte ihm aber noch weit
kostbarere Gegengeschenke. Sinbad beurlaubte sich nun
bei dem Könige, und dieser entließ ihn mit großer
Huld. Er vertauschte hierauf noch seine Waren gegen
einheimische und erhielt dafür einen großen Reichtum
an Aloe, Sandelholz, Kampher, Muskatnüssen, Gewürznägelein, Pfeffer, Ingwer und dgl., und fuhr auf
demselben Schiffe, auf dem er ausgefahren war, wieder
seiner Heimat zu.

Sie landeten auf ihrem Wege an verschiedenen Inseln
und kamen endlich glücklich nach Balsora, von wo aus
sie gereist waren. Hier belastete er viele Kamele mit
seinen Waren und zog mit einer ganzen Karawane nach
seiner Vaterstadt Bagdad zurück. In Bagdad besuchte
er seine Freunde und Verwandten und ward von ihnen
mit der herzlichsten Liebe aufgenommen. Er verkaufte
seine Waren und löste ungefähr hunderttausend Zechinen dafür. Nun erkaufte er ansehnliche Landgüter,
kaufte sich Sklaven und Sklavinnen und fing eine große
Haushaltung an; denn er gedachte nun sein über-
standenes Leiden zu vergessen und sein übriges Leben
in ruhigem Genusse seiner erworbenen Glücksgüter hinzubringen.

Die zweite Reise des Seemannes Sinbad

I.

Sinbad ward aber des ruhigen Lebens bald überdrüssig. Er erinnerte sich an die mancherlei wunderbaren Dinge, die er auf seiner Reise gesehen, an die
Begebenheiten, die er erlebt hatte. Diese Erinnerungen
regten auch die Lust in ihm auf, eine zweite Seereise
zu unternehmen; denn die damit verbundenen Gefahren
hatte er zum Teil vergessen, zum Teil überwog das
Angenehme einer großen Reise in seiner Seele bei
Weitem das Unangenehme. Er kaufte sich darum einen
schönen Vorrat von Waren zusammen, zog wieder mit
einer Karawane nach Balsora und bestieg mit einigen
redlichen Kaufleuten ein Schiff, das sie gemeinschaftlich
für ihre Reise gemietet hatten. Der Wind wehte günstig, sie schifften von Insel zu Insel und machten vor-
teilhafte Geschäfte.

Eines Tages landeten sie wieder an einer Insel. Man
sah aber keine Spur von Menschen auf derselben, obgleich sie mit den herrlichsten Fruchtbäumen bewachsen
war. Frische Bäche rauschten zwischen blumigen Ufern
durch die grasreichsten Wiesen herab. Die Reisegesellschaft ging ein wenig landeinwärts; einige pflückten
die seltenen Blumen, andere sammelten sich von den
Früchten, andere jagten den großen, prächtig gefärbten
Schmetterlingen nach; Sinbad aber hatte sich behaglich

in das hohe Gras gelagert und aß und trank, was er
sich von dem Schiffe mitgebracht hatte. Das Rieseln
eines nahen Baches und der Schatten einiger Bäume
luden ihn bald zu einem sanften Schlafe ein; er sank
schlummernd in das Gras nieder, das so hoch war, daß
es ihn ganz verdeckte.

Er mochte lange geschlafen haben, als er wieder erwachte. Er sprang auf, sah umher, aber seine Reisegefährten waren nirgends zu sehen. Endlich erblickte
er zu seinem Schrecken ganz fern das Schiff, und indem
er noch hinsah, verschwand es ganz aus seinen Blicken.
Er schrie, er weinte, er schlug sich mit der Faust an die
Stirn, er warf sich auf die Erde vor Verzweiflung.
Dann sprach er zu sich selbst: „Mir geschieht, wie ich
verdient habe. Meine erste Reise hätte mir schon ein
warnendes Beispiel sein können, mir alle Lust zu Reise-
abenteuern zu verleiden! Warum habe ich mich aber
nicht warnen lassen. Mir geschieht ganz recht!"

Endlich aber legte sich seine Verzweiflung. Er sah
wohl, daß er nun allein darauf denken müßte, sich wieder aus seiner schlimmen Lage zu erretten, oder sich
dieselbe so erträglich zu machen, als er konnte. Darum
stieg er auf einen hohen Baum und sah nach dem weiten
Meere hinaus. Aber er sah nichts, als Himmel und
Meer, und auf der großen weiten Fläche war weder
nah noch fern ein segelndes Schiff zu sehen, das ihn
hätte retten können. Nun blickte er auch nach dem
Innern der Insel hin und sah in weiter Ferne etwas
Weißes schimmern. Er konnte zwar nicht unterscheiden,

was es war, doch schien es ihm oben rund, und er hielt
es für das gewölbte Dach eines großen Gebäudes. Er
beschloß, darauf zuzugehen, stieg von seinem Baume
herab, nahm den Rest seiner Lebensmittel, die er noch
aus dem Schiffe mitgebracht hatte, und wanderte durch
das hohe Gras, durch manches Gebüsch in gerader Richtung nach dem weißen Dinge zu. Nach einer Stunde
hatte er das Ziel seiner Wanderung erreicht. Er stand
vor einer großen weißen Kugel. „Was mag das wohl
sein?" fragte er sich. Auf jeden Fall, glaubte er, müsse
das ein Werk des menschlichen Fleißes und menschlicher
Kunst sein. Er fühlte sie an und fand sie ganz glatt
gearbeitet. „Vielleicht," dachte er, „ist es doch eine
Menschenwohnung." Er ging ringsherum, um den
Eingang zu finden. Sie hatte fünfzig Schritte im
Umfange. Nirgends aber fand er eine Öffnung. Nun
glaubte er, der Eingang sei wohl oben. Allein es war
nicht möglich, hinaufzusteigen, weil sie sehr glatt war
und sich an den Seiten wieder herauswölbte.

Indem er so stand und hin und her sann, was das
wohl sein möge, neigte sich die Sonne und tauchte ins
Meer. Da verfinsterte sich plötzlich der Himmel. Sinbad sah in die Höhe und bemerkte einen riesig großen
schwarzen Vogel, der gerade auf ihn zu flog. Er
fürchtete, der ungeheure Vogel möchte ihn auffressen
wollen, und schmiegte sich deshalb ganz dicht unter die
große Kugel. Allein der Vogel regte seine langen,
langen Schwingen rasch und schwebte näher und näher,
und schien mit jedem Augenblicke größer und größer.

Endlich setzte er sich auf die Kugel, wie sich ein Huhn
auf sein Ei setzt, um ein junges Hühnchen daraus aus-
zubrüten. Da ward es auf einmal klar in Sinbads
Geiste. Er erinnerte sich, daß ihm die Schiffer schon
längst vom Riesenvogel Rock erzählt hatten, der so
groß und stark wäre, daß er einen Elefanten mit sich
zu tragen imstande wäre. Auch war ihm von diesem
Vogel erzählt worden, er lege alle neun Jahre nur e i n
Ei und brüte nur des Nachts darauf. „Also ist das
ein Ei vom Vogel Rock!" sprach er bei sich selbst. „Wie
wär's," dachte er weiter, „wenn der Vogel Rock dich
aus dieser verlassenen Insel wegtrüge? Er fliegt jeden
Tag auf Raub aus und kam heute fern übers Meer
her. Von dieser Insel trägt er dich doch gewiß weg
und hoffentlich zu bewohnten Gegenden." Mit jedem
Augenblicke ward sein Entschluß fester. Er wollte sich
dem Vogel an den Fuß binden, allein der Fuß war so
dick, als die dickste Eiche. Da nahm er das Tuch von
seinem Turban und band sich ihm damit an den dünn-
sten Teil des Beines fest.

2.

Der Vogel Rock brütete die ganze Nacht auf seinem
Ei. Als am anderen Morgen aber die Sonne aufging,
breitete er seine Schwingen aus und flog in die Höhe,
daß dem armen Sinbad Hören und Sehen verging.
Als sich der Vogel Rock endlich niedersetzte, band sich
Sinbad von seinem Beine los. Er war kaum damit
fertig, so packte der Vogel auch schon eine ungeheure

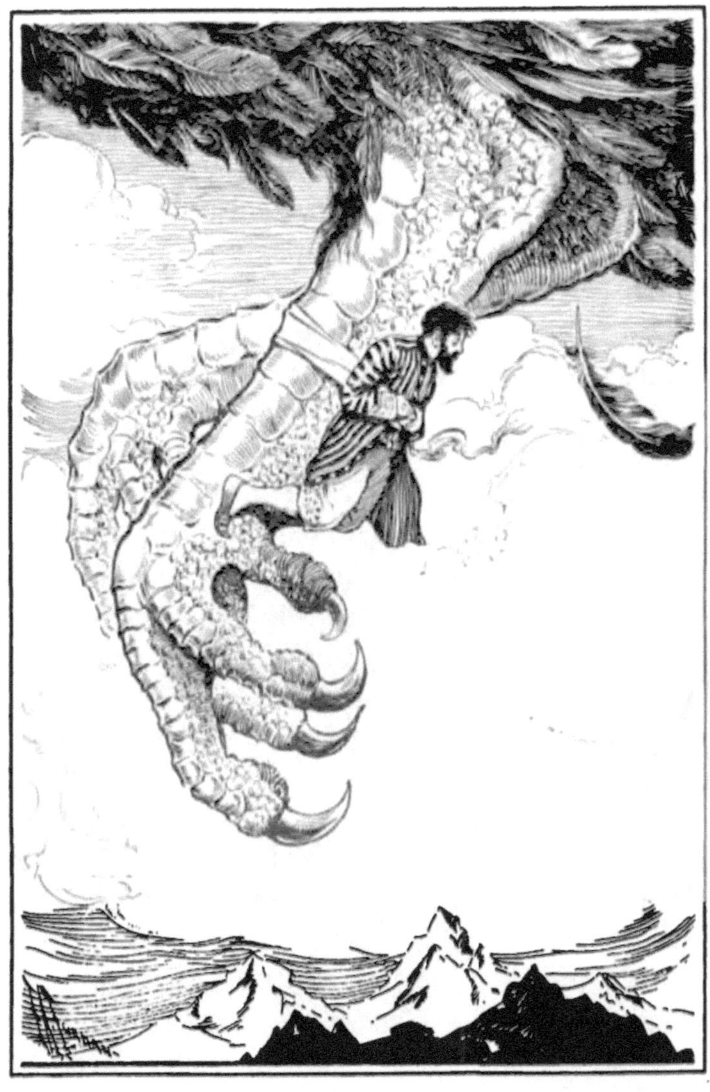

Schlange mit seinem Schnabel und flog damit in die Höhe.

Nun sah sich Sinbad an seinem neuen Aufenthalts-orte um. Er befand sich in einem sehr tiefen, tiefen Tal, das von hohen, steilen Felsengebirgen umschlossen war, deren Gipfel bis in die Wolken ragten.

Nirgends war es möglich, hinaufzuklettern. „Wehe mir!" rief Sinbad aus, „wäre ich lieber auf der frucht-baren Insel geblieben!" Er versuchte es allenthalben, ob er keine Stelle finden könnte, an der es möglich wäre, hinaufzuklettern. Es war aber alles vergebens.

Indem er durch das Tal hinging, sah er einmal zu-fällig auf den Boden, und siehe da! er stand auf lauter großen und kleinen Diamanten. Er ging weiter und fand Diamanten von erstaunlicher Größe. Er betrach-tete sie mit großem Wohlgefallen; allein bald sah er etwas, das ihm seinen Aufenthalt desto mehr verleidete. In allen Felsenritzen und in den größten Spalten und Klüften haulten Schlangen, worunter die meisten so groß waren, daß sie einen ganzen Elefanten verschlucken konnten. Sie hielten sich den Tag über zwar verbor-gen, wahrscheinlich weil sie ihren Feind, den Vogel Rock, fürchteten; aber es war zu fürchten, daß sie des Nachts dann hervorkommen würden. Er suchte sich deswegen eine leere Felsenhöhle und setzte sich am Abend hinein. Die Öffnung der Höhle verstopfte er mit einem Steine, damit keine der Schlangen zu ihm kommen könnte. Hier aß er etwas von seinem Vorrate. Aber zum Schlafen kam er die ganze Nacht hindurch nicht. Denn

die Schlangen kamen nun
aus allen ihren Schlupfwin-
keln hervor. Er hörte es,
wie sie über die Felsen hin-
rauschten, und ihr furchtbares Gezisch setzte ihn in
Furcht und Schrecken. Erst
beim Anbruche der Mor-
genröte verloren sich die
Schlangen allmählich, und

beim ersten Sonnenstrahle, der auf die Felsenzacken fiel,
ward es ganz still.

Da ging Sinbad endlich, noch zitternd und zagend, aus seiner Felsenhöhle hervor. Die schönsten Diamanten, über die er hinwegging, reizten ihn nicht mehr, denn die Schrecken der vergangenen Nacht standen noch ganz vor seiner Seele. Seine Müdigkeit nötigte ihn endlich, sich zu setzen, aber bald schlief er fest ein. Kaum war er eingeschlafen, so ward er wieder aufgeweckt; es war zu seiner Seite etwas mit großem Geräusch herabgefallen. Er glaubte im ersten Schrecken, es wäre vielleicht eine der großen Schlangen, und hatte kaum den Mut, darnach hinzusehen. Endlich wagte er es aber und schielte darnach hin. Es war ein großes Stück rohes Fleisch. Er hatte sich noch kaum von seinem Staunen erholt, so sah er an mehreren Orten noch einige Stücke Fleisch herabfallen. Bald darauf sah er einen sehr großen Adler in das Tal herabfliegen. Er packte ein Stück Fleisch mit seinen Krallen und trug es in die Höhe. „Nun, nun!" dachte Sinbad, „ein solcher Adler oder Lämmergeier ist stark genug, mich selbst in die Höhe zu tragen." Er sättigte sich noch einmal mit den Resten seiner Lebensmittel und füllte seinen leeren ledernen Reisebeutel mit den schönsten und größten Diamanten, die er finden konnte, band ihn recht fest auf den Rücken und legte sich ganz ruhig auf den Bauch. Nun kamen mehrere Adler; jeder packte ein Stück Fleisch und trug es fort; einer der größten packte auch das Fleisch, das er sich aufgebunden hatte, trug ihn mit demselben in die Höhe und brachte ihn in sein Nest zu seinen Jungen.

Plötzlich erhoben mehrere Menschen ihre Stimmen in der Nähe, und der Adler flog schnell wieder davon.

Sinbad band das Fleisch los und überließ es den jungen Adlern. Indem er aber aus dem Felsenneste herausgehen wollte, kam ihm ein Mensch entgegen, und als ihn dieser sah, fing er an zu schelten und nannte ihn einen Dieb. „Was habe ich dir denn gestohlen!" fragte Sinbad verwundert. „Wie?" rief der Mensch ganz erbost, „du stellst dich noch ganz unschuldig und fragst noch, was du gestohlen habest? Was hast du denn in meinem Neste zu tun?"

„Ei," fragte Sinbad, „bist du denn der alte Adler? Ich habe geglaubt, das Nest gehöre einem Adler." — „Nun ja," antwortete der Mensch, „es gehört einem Adler, es gehört aber auch mir. Und du brauchst überhaupt hier weiter keine Spitzfindigkeiten anzubringen; du bist ein Dieb, und mit Dieben macht man kurzen Prozeß."

„Nun, nun," versetzte Sinbad beruhigend, „laß uns einmal ruhig miteinander sprechen. Hier muß ein Mißverständnis obwalten. Setze einmal deinen Verdacht ganz beiseite und erzähle mir, was du denn eigentlich von mir willst, was du überhaupt hier auf diesen Felsengipfeln treibst."

„Was ich hier treibe?" fragte der Mensch dagegen. „Wunderlich! Du bist hier und solltest nicht wissen, was man hier allein treiben kann? Doch will ich mich nicht weiter ereifern und will dir einen Beweis meiner Geduld geben, damit du klar einsiehst, daß du ein Spitzbube bist. Siehe, da drunten ist das Diamantental. Und du siehst doch wohl auch ein, daß man da über die steilen Felsenwände nicht hinabsteigen kann? Du weißt doch auch, daß die Adler gern Fleisch fressen und daß die Alten ihre Jungen füttern, bis sie selbst auf den Raub ausfliegen können?"

„Das weiß ich alles sehr wohl!" antwortete Sinbad ganz gelassen, obgleich der Mensch diese Fragen alle mit einer gewissen Heftigkeit an ihn tat. „Nun gut!" fuhr der Mensch fort, „so wisse denn, daß wir Kaufleute jährlich hierherkommen, wenn die Adler Junge haben. Wir schlachten dann einen Ochsen, werfen die blutigen Stücke Fleisch in das Diamantental hinunter, und die Diamanten hängen sich dann an das blutige Fleisch. Sobald nun die Adler das Fleisch wittern, fliegen sie hinunter und tragen es in ihre Nester; dann verscheuchen wir sie und holen die Diamanten, welche daran hängen. So hat jeder von uns Handelsleuten sein eigenes Nest, in welchem er die Diamanten sammelt. Nun bist du aber vor mir in das Nest gegangen und hast die Diamanten geholt. Sieh, darum bist du ein Dieb, ein Spitzbube! verstehst du mich?"

„Ja, ja, ich verstehe dich, und du hättest auch ganz recht, mich so zu schelten," antwortete Sinbad. „Allein du bist im Irrtum!" Er erzählte ihm hierauf, auf welche Weise er in das Nest gekommen war. Währenddem hatten sich noch mehrere Kaufleute um ihn her versammelt. Sie erstaunten über seine Erzählung und bewunderten seine List und Kühnheit, wodurch er sich gerettet hatte. Hierauf führten sie ihn zu ihrem Zelte, das sie sich an einem nahen und bequemen Orte aufgeschlagen hatten.

Hier wandte sich Sinbad zu dem Kaufmanne und

sprach: „Ich bin dir freilich Ersatz schuldig; denn du hast durch meine Schuld nun keine Diamanten an dem Fleisch bekommen, doch bedenke, daß diejenigen, welche zufällig an dem Fleische hängen bleiben, nicht immer die schönsten sind. Ich war aber da unten und habe mir die besten und größten ausgewählt. Von diesen stehen dir zum Ersatz so viele zu Diensten, als du nehmen magst." Er öffnete bei diesen Worten seinen ledernen Sack und leerte einen Teil der Diamanten auf einen Stein aus. Alle Kaufleute erstaunten über die Kostbarkeit dieser Diamanten und behaupteten einmütig, daß sie noch nirgend, selbst in den Schatzkammern der Könige, jemals so schöne gesehen hatten. Der Kaufmann nahm nur einen davon und weigerte sich hartnäckig, mehrere anzunehmen; denn er versicherte, daß er dadurch so reich würde, daß er künftig gar nicht mehr nötig habe, hierherzukommen, um Diamanten zu holen.

Sinbad blieb die Nacht über bei den Kaufleuten, und da sie schon mehrere Tage gesammelt hatten, und jeder mit seinem Teile zufrieden war, reisten sie am folgenden Morgen ab. Sie gingen über hohe Gebirge voll der ungeheuersten Schlangen, vor welchen sie sich nur mit Mühe schützen konnten; doch entkamen sie ihnen glücklich. Im nächsten Hafen schifften sie sich ein und landeten bei der Insel Roha. Daselbst sahen sie die Bäume, von welchen man den Kampher gewinnt. Diese Bäume sollen so groß sein, daß hundert Menschen ganz bequem in dem Schatten eines einzigen ausruhen können. Sinbad sah manchen davon verdorrt, und als er sich um die Ursache erkundigte, erfuhr er, daß man sie oben anbohre, damit der Saft herausfließe. Dieser gerinne sodann und werde zu Kampher; aber der Baum verdorre, wenn ihm der Saft so abgezapft werde.

Eines Tages sah Sinbad auf jener Insel auch dem Kampfe eines Nashorns mit einem Elefanten zu. Das Nashorn war kleiner als der Elefant, aber etwas größer als ein Büffelochse; es bückte sich, daß es mit dem Kopfe unter den Elefanten kam. Nun drückte es ihm sein Horn in den Bauch und hob den Elefanten so mit seinem Kopfe in die Höhe. Lange konnte es ihn aber nicht halten, denn das Blut und Fett des Elefanten floß ihm über die Augen, daß es davon ganz geblendet wurde. Es stürzte mit dem Elefanten nieder. Da schoß plötzlich der Vogel Rock herab, packte beide mit seinen Krallen und trug sie hoch durch die Lüfte weg, wahrscheinlich um sein Junges damit zu füttern.

Während Sinbad mit den Kaufleuten diese und viele andere Merkwürdigkeiten der Insel beobachtete, vergaß er seinen Vorteil nicht. Er vertauschte den größten Teil seiner Diamanten gegen allerlei Waren, die er in Balsora und Bagdad vorteilhaft anbringen konnte, und schiffte hierauf mit einem andern Schiffe seiner Heimat zu. Unterwegs besuchte er noch mehrere Inseln und Städte und kam endlich glücklich in Balsora an. Einen Teil seiner Waren verkaufte er daselbst sehr vorteilhaft, den anderen Teil brachte er auf Kamelen nach Bagdad zurück und setzte ihn hier in bares Geld um. Er teilte

sogleich große Almosen unter die Armen der Stadt aus,
kaufte sich noch mehrere Landgüter und genoß in Ehren
seine Reichtümer, die er mit so großen Gefahren erworben hatte.

Die dritte Reise des Seemannes Sinbad

1.

Sinbad vergaß unter den Annehmlichkeiten seines jetzigen Lebens bald wieder die Gefahren, die er auf seinen Reisen ausgestanden hatte. Er war auch noch zu jung, um jetzt schon sein Leben in untätiger Ruhe hinzubringen. So beschloß er denn, wieder eine Reise zu machen. Er nahm eine ansehnliche Menge von den Waren seines Landes, ließ sie nach Balsora bringen und ging wieder mit mehreren Kaufleuten daselbst zu Schiffe.

Sie fuhren lange auf der See, landeten bald dort und bald da, setzten ihre Waren um und gewannen sehr viel damit.

Eines Tages überfiel sie aber mitten auf der hohen See ein Sturm, der sie sehr weit von ihrer Bahn verschlug. Er dauerte mehrere Tage und trieb sie endlich vor den Hafen einer Insel. Sinbad und seine Reisegefährten waren sehr erfreut darüber, daß sie endlich vor dem noch immer fortwährenden Sturme gesichert waren. Der Schiffskapitän aber schüttelte bedenklich den Kopf und sprach: „Ich muß wohl ankern, allein ich tu' es sehr ungern; denn ich weiß nicht, ist es besser, sich dem Sturme zu überlassen, oder hier ans Land zu gehen. Diese Insel ist von einem ganz wilden Volke bewohnt. Die Leute sind auch äußerlich den Tieren

gleich, ganz mit Haaren bewachsen und nur eine Elle
hoch. Sie werden uns sogleich anfallen. Allein wir
dürfen uns nicht wehren; denn sie sind zahlreicher als
die Heuschrecken. Wenn wir unglücklicher Weise einen
ums Leben brächten, so würden sie alle über uns herfallen und uns zerreißen."

Diese Nachricht setzte die ganze Schiffsgesellschaft in
Schrecken. Der Sturm wütete indessen so heftig, daß
sie den gewissen Untergang ihres Schiffes vor Augen
sahen, wenn sie es nicht vor Anker legten. Sie wählten
darum in ihrer mißlichen Lage ein ungewisses Schicksal
vor der gewissen Gefahr ihres Lebens und warfen Anker. Da kam sogleich ein ungeheurer Schwarm von den
ellenhohen haarigen Wilden durch die sturmbewegten
Wellen herangeschwommen und redete sie an. Niemand
konnte ihnen aber antworten; denn man verstand ihre
Sprache gar nicht. Da sie keine Antwort bekamen, kletterten sie mit ungemeiner Schnelle von allen Seiten an
den Rudern, an dem Steuer und an dem Schiffe selbst
in die Höhe. Sie liefen den Matrosen und den Reisenden zwischen den Beinen durch und erfüllten das ganze
Verdeck des Schiffes mit solchem Gewimmel, daß niemand ruhig auf seiner Stelle bleiben konnte. Einige
kletterten an den Tauen in die Höhe, andere an dem
Maste, und das mit solcher Geschwindigkeit, daß man
gar nicht sah, wo sie ihre Füße hinsetzten. Sie rissen
die Segel ab, hieben das Ankertau entzwei und führten
das Schiff näher ans Land. Hier zwangen sie die
Reisenden, die Matrosen, den Schiffskapitän, kurz alle,

die im Schiffe waren, auszusteigen, und als alle her-
ausgegangen waren, führten sie das Schiff nach einer
ganz nahe gelegenen Insel. Sie ruderten aber nicht,
sondern ein ganzes Heer schwamm hinterdrein und zur
Seite und so schoben sie es, wohin sie es bringen wollten.

Sinbad war mit dem Schiffskapitän und den übrigen
ein paar Schritte tiefer in die Insel hineingegangen.
Sie sahen keine von den kleinen Wilden mehr, bald aber
erblickten sie in einiger Entfernung einen großen Palast. Sie gingen darauf zu. Der Hof war mit einer
sehr hohen Türe von Ebenholz geschlossen, die aus zwei
Flügeln bestand. Sinbad stieß daran, und beide Flügel
fuhren auf. Sie traten in den Hof, aber welcher
Schrecken ergriff sie! Auf der einen Seite lag ein
großer Haufen Menschenknochen und auf der andern
Seite sehr viele Bratspieße. Sie zitterten bei diesem
Anblicke, und da sie ohnehin von der langen Seereise
und von dem erlittenen Sturme ermüdet waren, sanken
sie in ihrer Angst zu Boden.

Sie lagen so in langer Betäubung. Da öffnete sich
endlich mit lautem Knarren die Türe, welche aus dem
Hofe ins Haus führte, und heraus trat ein Wesen in
Menschengestalt, das war so hoch wie ein Palmbaum,
schwarz und von häßlichem Ansehen. Mitten auf der
Stirne hatte er ein einziges, rotes Auge, das glühte,
wie eine brennende Kohle. Sein Maul war lang, und
er konnte es weit aufreißen, wie ein Pferdemaul; die
Unterlippe hing ihm bis auf die Brust, und aus dem
Maule standen ihm seine langen, scharfen Vorderzähne

hervor. Seine Ohren waren breit und groß, wie eine Schüssel, und lagen ihm auf den Schultern auf, und seine Nägel waren lang und krumm, wie die Krallen eines Lämmergeiers.

Die Reisenden verloren alle Besinnung bei dem Anblicke dieses Ungeheuers. Er setzte sich eine Weile auf die Erde und beguckte sie mit gierigem Wohlgefallen. Dann stand er auf und ging auf sie zu. Zuerst packte er Sinbad, wendete ihn um und befühlte ihn, wie der Metzger einen Hammel betastet, um zu sehen, ob er fett ist. Sinbad war von den Anstrengungen der Reise sehr mager; darum schüttelte der Schwarze seinen großen Kopf und ließ ihn los. Hierauf befühlte er sie alle der Reihe nach; als er den dicken Schiffskapitän unter seine Krallen bekam, verzog sich sein Gesicht zu einem häßlichen Lächeln, er packte ihn mit einer Hand an einem Beine, hob ihn sehr leicht in die Höhe und stieß ihm mit der anderen Hand einen der Bratspieße längs durch den Leib.

Hierauf zündete er ein Feuer an und ließ den armen Schiffskapitän an seinem Bratspieße über demselben braten. Dabei strich er sich mit abscheulichem Wohlbehagen den Bauch und klopfte auf den Magen, wie ein Kind, das seine Leibspeise auf dem Tische sieht. Als er ihn sorgfältig gar gebraten hatte, trug er ihn in den Palast, und man hörte außen an seinem Schmatzen, daß er sich denselben recht wohl schmecken ließ.

Als er ihn ganz verzehrt hatte, kam er wieder in den Hof, streckte sich behaglich auf den Steinplatten nieder,

und bald schlief er und schnarchte so laut, daß man
einen fortwährenden sehr heftigen Donner zu hören
glaubte. Erst gegen Morgen erwachte er, dehnte sich,
gähnte ein paarmal, stand dann auf und verließ seinen
Palast.

Sinbad hatte mit seinen Reisegefährten die ganze
Nacht hindurch kein Auge zum Schlafe geschlossen; sie
lagen alle in schweigender Angst. Als der Riese aber
jetzt ausgegangen war, erhoben sie ein lautes Klagegeschrei. Sie sannen dabei hin und her auf ihre Rettung, konnten sich aber zu nichts entschließen. So er-
gaben sie sich dem Willen Gottes; denn an das einzige
Mittel, sich durch den Tod des Ungeheuers von ihm zu
befreien, dachten sie nicht, weil sich jeder einzelne vor
ihm fürchten mußte. Sie waren aber doch zusammen in
ziemlicher Anzahl und hätten sich so wohl von ihm
befreien können.

Sie zerstreuten sich den Tag über auf der Insel und
nährten sich von Früchten und Pflanzen. Am Abende
suchten sie einen sichern Zufluchtsort, fanden aber keinen
und mußten wieder nach dem furchtbaren Palaste des
Schwarzen zurück. Bald kam auch der Riese wieder zu
ihnen, nickte ihnen abscheulich freundlich zu, fing sich
wieder den fettesten von der Gesellschaft heraus und
machte es mit ihm, wie den vorigen Tag mit dem
Schiffskapitän. Dann schnarchte er wieder bis an den
Tag und ging darauf aus.

Die Verzweiflung der Reisenden war so groß, daß
sich einige von ihnen lieber ins Meer stürzen wollten,

um nur nicht von dem Schwarzen verzehrt zu werden.
Da sprach aber Sinbad: „Nicht also, liebe Freunde!
Es ist nicht erlaubt, sich selbst das Leben zu nehmen.
Und wenn es auch erlaubt wäre, so ist es doch weit
klüger, ein Mittel zu ersinnen, wie wir den schwarzen
Menschenfresser aus dem Wege räumen."

„Ja, wer wird sich an diesen wagen?" fragten alle
seine Gefährten wie aus einem Munde. „Ich habe ein
Mittel erdacht," erwiderte Sinbad, „das uns wahrscheinlich befreit. Für den Fall aber, daß es mißlänge,
laßt uns eine Vorkehr treffen. An dem Ufer der Insel
finden wir sehr vieles Treibholz, das von der Strömung des Meeres dahingetrieben ist. Von diesem laßt
uns Flöße bauen, so groß und stark, als wir vermögen,
damit wir uns auf ihnen retten können, wenn mein
Anschlag mißlingen sollte. Freilich ist die Fahrt auf
einem zerbrechlichen Floße mit vielen Gefahren ver-
bunden, allein sie ist doch immer dem gewissen Tode
vorzuziehen, den wir täglich vor Augen sehen."

Dieser Anschlag Sinbads gefiel seinen Reisegefährten. Sie eilten auch gleich ans Meer hinab und bauten
sich Flöße, wovon jedes drei Menschen tragen konnte.
Sie wurden noch vor dem Abende damit fertig und kehrten dann wieder nach dem Palaste des Menschenfressers
zurück. Er fing sich noch einmal einen von den wohl-
genährtesten heraus und verzehrte ihn, nachdem er ihn,
wie die vorigen, am Spieße gebraten hatte. Darauf
legte er sich im Hofe wieder auf den Rücken und
schnarchte.

Nun nahm Sinbad einen Bratspieß und legte ihn mit der Spitze ins Feuer. Die neun kühnen Matrosen taten das nämliche auf sein Geheiß. Als aber die Spitzen der Bratspieße glühend waren, gab Sinbad jedem der neun Matrosen einen derselben, er selbst nahm den zehnten, und nun lief er eilends mit ihnen zu dem Ungeheuer, und zugleich stießen sie ihm die glühenden Spitzen in sein einziges Auge, daß es zischend ausfloß.

Da erhob der abscheuliche Menschenfresser ein furchtbares Gebrülle; er sprang wütend auf und tappte mit den Händen umher, konnte in seiner Blindheit aber keinen von ihnen finden, weil sich alle in die Winkel verkrochen und an den Boden schmiegten. Endlich fand er die Türe und lief mit gräßlichem Heulen hinaus.

Kaum war er fort, so eilte Sinbad mit seinen Unglücksgenossen ans Ufer des Meeres. Sie zogen sogleich ihre Flöße ins Wasser, um darauf zu entfliehen, wenn der Riese käme. Sie hofften aber, wenn er bis zum Aufgang der Sonne nicht käme, so wäre es ein sicheres Zeichen seines Todes, und dann wollten sie auf der Insel bleiben, bis ein vorbeisegelndes Schiff sie aufnehmen könnte.

Ihre Hoffnung war aber vergebens. Kaum dämmerte der Tag heran, so kam auch schon der Riese, geführt von zwei anderen Riesen, die beinahe ebenso groß und häßlich waren, als er selbst, und hinter ihnen kam noch eine Menge anderer Riesen.

Sinbad eilte mit seinen Genossen auf die Flöße, und

sie ruderten mit aller Macht, um zu entfliehen. Da
faßten die Riesen große Felsenstücke, liefen am Gestade
hinab, sogar bis über die Hälfte ihrer ungeheueren
Körper in das Wasser und warfen mit solcher Geschicklichkeit nach den Flößen, daß sie bald zertrümmert aus-
einandergingen und die Menschen darauf ertranken.
Gar mancher wurde auch von dem Wurfe eines Riesen
getroffen und flog zerschmettert mit dem Steine weit
in das Meer hinein. Nur das Floß, worauf Sinbad
mit zweien seiner Genossen ruderte, hatte einen großen
Vorsprung vor den anderen durch Sinbads Gewandtheit
im Rudern erhalten; sie waren bald so weit, daß sie
von den Steinwürfen nicht mehr erreicht werden
konnten.

2.

Das Floß mit den drei Unglücksgenossen war ein
Spiel des Windes und der Wellen. Bald wurde es
hierhin und bald dorthin geworfen. Sie brachten den
Tag und die darauf folgende Nacht in der schrecklichsten
Ungewißheit zu; sie sahen entweder ihrem Tode in den
Wellen oder dem Hungertode entgegen; denn sie hatten
gar keine Lebensmittel bei sich. Am nächsten Morgen
aber wurden sie von den Wellen an eine Insel verschlagen. Sie stiegen ans Land und fanden vortreff-
liche Früchte, mit welchen sie sich erquickten. Sehr
vergnügt über die günstige Wendung ihres Schicksals
legten sie sich am Abende unter einem hohen Baume am
Ufer des Meeres nieder.

Kaum waren sie aber eingeschlafen, so wurden sie durch ein schreckliches Gerassel aufgeweckt. Sie fuhren erschrocken auf und sahen eine Schlange, so lang als ein hoher Palmbaum, auf sie zueilen. Indem sie über den Boden hinkroch, rasselten ihre Schuppen so gewaltig, und dabei riß sie den Rachen fürchterlich gegen sie auf. Ehe sie sich noch recht besinnen konnten, war sie schon nahe, ergriff einen von ihnen, schleuderte ihn bald empor und schüttelte ihn, bald schmetterte sie ihn wieder auf die Erde, bis er völlig tot war. Dann schluckte sie ihn auf einmal hinunter.

Sinbad hatte indessen mit seinem einzigen noch übrigen Genossen die Flucht ergriffen. Obschon sie aber ziemlich weit entfernt waren, hörten sie doch nach einiger Zeit das gräßliche Husten der Schlange, womit sie die Knochen ihres verschlungenen Reisegefährten herausbrach. Als sie am andern Morgen nach derselben Stelle zurückkamen, fanden sie die Knochen, teils zerschmettert, teils aber auch noch ganz daliegen. Dieser Anblick war ihnen schrecklich. Sie sannen auf ein Mittel, sich zu schützen, und beschlossen endlich, die nächste Nacht auf einem sehr hohen Baume zuzubringen, den sie auf ihrem Wege gefunden hatten; denn einen andern Zufluchtsort fanden sie nicht.

Sie nährten sich den Tag über von den trefflichen Früchten, die sie fanden, und erstiegen am Abende ihren Baum. Zufällig war Sinbad vorausgestiegen und kam so höher zu sitzen, als sein Gefährte. Damit sie im Schlafe nicht herunterfielen, banden sie sich mit den

Tüchern von ihren Turbanen an den Ästen fest. Bald
aber hörten sie das fürchterliche Gerassel der ungeheueren Schlange. Sie schoß gerade nach dem Baume zu,
kroch erst ein paarmal in einem weiten Kreise am
Boden um ihn herum, richtete sich sodann auf und wand
sich mit unglaublicher Schnelle an dem Stamme hinauf.
Sie packte Sinbads Gefährten bei den Füßen und riß
ihn herunter; im Herunterfallen aber fing sie ihn in
ihrem ungeheueren Rachen auf und verschluckte ihn
ganz. Dann rollte sie wieder fort.

Sinbad blieb höchst betrübt über den Verlust seines
Reisegefährten bis zum Morgen auf dem Baume sitzen.
Als er beim Aufgange der Sonne hinabstieg, bedachte
er, wie er nun in der nächsten Nacht sicher auch von der
Schlange gefressen würde, und dieser Gedanke war ihm
so schrecklich, daß er sich lieber ins Meer stürzen wollte.
Schon hatte er einige Schritte getan, da fiel es ihm
plötzlich wieder ein, daß es auch dann eine Sünde ist,
sich das Leben zu nehmen, wenn man schon den gewissen
Tod vor Augen sieht. „Gott allein," sprach er bei sich,
„weiß, wann es Zeit ist. Er hat ja unsere Tage voraus
gezählt."

Er besann sich vielmehr jetzt auf ein Mittel zu seiner
Erhaltung und baute sich hoch oben auf dem Baume
zwischen den Ästen eine ordentliche Hütte von trockenen
Dornen. Dicht an dem Stamme ließ er eine kleine
Öffnung, und als er am Abende hinaufstieg, nahm er
noch ein Dornenbündel mit, um die Öffnung damit zu
verwahren. So saß er in einem völligen Dorngehäuse

eingeschloffen und sah mit banger Erwartung der
Nacht entgegen.

Die Schlange blieb wieder nicht aus. Sie wand sich
wieder an dem Baume hinauf und sperrte ihren Rachen
nach Sinbad auf, packte auch manchmal einen Teil der
Dornenbüschel mit ihrem Rachen; aber wie sie beißen
wollte, stachen sie die Dornen in den Rachen, und sie
ließ wieder ab. So hing sie die ganze Nacht und lauerte
auf ihn, wie eine Katze vor dem Mausloche lauert. Am
Morgen rollte sie wieder raffelnd davon.

Der arme Sinbad öffnete nun den Eingang seines
Dornengehäufes und stieg von dem Baume herab. Er
war von der geftrigen Arbeit sehr ermüdet, noch mehr
aber von der in Angst durchwachten Nacht und ganz
betäubt von dem giftigen Hauche der Schlange. In
diesem traurigen Zustande war er seiner Besinnung
nicht mehr mächtig; er vergaß allen Glauben an Gott
und ging nach dem Meeresufer hin, um sich hinabzu-
stürzen. Indem er aber hinabspringen wollte, sah er
in einiger Entfernung ein Schiff vorübersegeln. Er
schrie aus Leibeskräften, band das Tuch seines Turbans
an einen langen Stock und ließ es als Fahne wehen.
Man sah dies auf dem Schiffe, und der Kapitän schickte
sogleich die Schaluppe nach der Insel. Als er auf das
Schiff kam, drängten sich die Reifenden und Matrosen
um ihn und fragten ihn, wie er auf diese gefährliche,
von Menschen sonst ganz verlassene Insel gekommen sei.
Er erzählte ihnen sein Schicksal, und nun freuten sich
alle über seine Rettung und bewirteten ihn, so gut sie

konnten, auch schenkte ihm der Kapitän eines seiner
Kleider; denn das seinige war vom Klettern und von
den Dornen ganz zerlumpt.

***

3.

Sie kamen auf ihrer ferneren Reise noch an verschiedene Inseln. Endlich landeten sie bei der Insel Salahat, um nebst anderen Waren auch eine Ladung Sandelholz mitzunehmen, weil es in der Arznei als sehr
heilsam geachtet wird. Als die Kaufleute ihre Waren
daselbst ausluden, rief der Schiffskapitän auch unseren
Sinbad zu sich, der müßig dastand und zusah. „Hört,
Freund!" sprach er, „ihr seht mir aus, als wäret ihr
nicht gern müßig, wenn alle arbeiten. Kommt, ich will
euch Arbeit geben. Seht, hier habe ich viele Waren,
die einem Kaufmanne gehören, der nun wahrscheinlich
schon lange tot ist. Ich handle indessen damit, so gut
ich kann, und wenn ich nach Balsora zurückkomme, so
überliefere ich den Gewinn seinen nächsten Verwandten.
Mir ist dieses Geschäft aber zu weitläufig; wollt ihr
darum die Besorgung übernehmen und mit diesen Waren handeln, als ob sie euer Eigentum wären, so tut
ihr mir einen Gefallen, und ich werde euch von dem
Gewinne so viel überlassen, daß ihr damit zufrieden
sein könnt."

Sinbad nahm dies Anerbieten mit großer Freude an.
Als der Schreiber des Schiffes die Waren einschreiben
wollte, die ihm der Kapitän zur Besorgung übergab,

fragte er, auf welchen Namen er sie denn einschreiben
sollte. „Ei, schreibt sie nur auf den Namen Sinbads,
des Seemannes, ein!" gab ihm dieser zur Antwort.

„Wie?" fragte Sinbad und sah dem Kapitän scharf
ins Gesicht und erkannte nun erst in ihm denselben,
der ihn auf seiner zweiten Seereise auf der menschenleeren Insel schlafend im Grase zurückgelassen hatte.
„Kapitän," fragte er weiter, „hieß der Kaufmann, dem
diese Waren gehörten, wirklich Sinbad?" — „Ja,"
antwortete der Schiffskapitän, „Sinbad hieß er. Er war
von Bagdad gekommen und hatte sich in Balsora mit
mir eingeschifft. Allein eines Tages landeten wir an
einer Insel, und nachdem wir etliche Stunden vor Anker
gelegen, fuhren wir weiter; denn ich meinte, alle seien
wieder zurückgekommen. Erst nach etlichen Stunden
vermißten wir ihn. Ich wollte wieder umkehren und
ihn auf der Insel suchen lassen, allein der Wind war
mir so entgegen, daß ich ihm unmöglich entgegensteuern
konnte. Wahrscheinlich ist der arme Sinbad ein Raub
der wilden Tiere geworden."

„Nein," rief Sinbad, „das ist er nicht. Seht mich
einmal an. Ich bin der Sinbad, den ihr auf der Insel
verlassen habt." Er erzählte ihm hierauf die Geschichte
seiner Rettung durch den Vogel Rock und erinnerte den
Schiffskapitän an manche Umstände ihrer früheren
Reise, daß er ihn endlich wirklich für denselben Sinbad
erkannte. „Gott sei gelobt!" rief er aus. „Ich hielt
euch lange für tot und habe mir immer Vorwürfe gemacht, daß ich damals so leichtsinnig abfuhr, ohne die

ganze Schiffsmannschaft zu verlesen, wie ich hätte tun
sollen." Er übergab Sinbad hierauf wieder alle seine
Waren nebst dem damit erworbenen Gewinn.

Von Salahat schifften sie nach einer anderen Insel,
wo Sinbad einen Teil seiner Waren gegen Gewürz-
nelken, Zimmt und andere Gewürze umtauschte. Nun
lenkte der Steuermann endlich nach einer sehr langen
Seereise das Schiff dem persischen Meerbusen zu.
Manche Wundertiere stießen ihnen auf dieser Reise auf;
ungeheuere Schildkröten von zwanzig Fuß Länge und
gleicher Breite und allerlei wunderlich gestaltete Fische.
Endlich fuhr das Schiff in den persischen Meerbusen ein,
und bald ankerte es in dem Hafen von Balsora.

Sinbad kehrte wieder mit neuen, unermeßlichen
Reichtümern nach Bagdad zurück, bedachte reichlich die
Armen, kaufte sich neue Ländereien und lebte nun mit
seinen Freunden wieder in dem ruhigen Genusse seines
mit so großen Leiden erworbenen Vermögens.

Die vierte Reise des Seemannes Sinbad

I.

Das müßige Leben konnte Sinbad nicht lange ertragen. Er hatte einmal angefangen, sich auf seinen weiten Reisen in der Welt umzusehen, und so war die Reiselust in ihm so lebendig geworden, daß er die Mühseligkeiten und Gefahren seiner früheren Reisen bald wieder ganz vergaß. Es drängte ihn wieder mit aller Sehnsucht in die Ferne hinaus. Darum kaufte er allerlei Waren ein, die er in fernen Gegenden vorteilhaft zu verkaufen hoffte, belastete viele Kamele damit und durchzog einen großen Teil von Persien.

Die Reise zu Lande gefiel ihm aber bald nicht mehr. Er suchte den nächsten Hafen auf und segelte mit dem ersten Schiffe, das in die See stach, mit günstigem Winde ab. Das Schiff lief in mehrere Häfen am festen Lande ein und berührte manche Insel; endlich aber lief es in die hohe See hinaus, und mehrere Wochen sah man nichts, als Wasser und Himmel. Da entstand eines Tages ein heftiger Sturm. Der Kapitän wollte sogleich die Segel streichen lassen; allein der Wind hatte sie schon mit solcher Schnelle und Heftigkeit gepackt, daß sie zu Stücken zerrissen. Das Schiff wurde auf eine Sandbank getrieben und scheiterte. Die meisten Kaufleute und Matrosen ertranken, und die ganze Ladung ging unter.

Sinbad aber und einige Kaufleute und Matrosen
hatten ein großes Stück Holz von dem gescheiterten
Schiffe ergriffen und wurden von der Flut an eine
Insel getrieben. Sie erfrischten sich mit einigen Früchten und gutem Quellwasser, das sie in der Nähe fanden,
und blieben die Nacht über an dem Ufer. Am nächsten
Morgen gingen sie tiefer in die Insel hinein und kamen
an einige Wohnungen. Sogleich stürzte aber ein
Schwarm von ganz pechschwarzen Menschen heraus,
umringten sie und teilten sie untereinander.

Sinbad wurde mit fünf andern in einen mit dorni-
gen Stauden hoch umzäunten Hof gebracht, und hier
mußten sich alle niedersetzen. Man brachte ihnen die
Blätter eines Krautes, das ihnen ganz unbekannt war,
und gab ihnen durch Zeichen zu verstehen, daß sie davon
essen sollten. Sinbads Gefährten fielen aus Hunger
mit wahrer Begierde darüber her, allein Sinbad aß
nichts davon und warnte auch die andern. Aber für
diese war es zu spät. Sie zeigten bald, daß sie wahnsinnig geworden waren. Sinbad stellte sich ebenso toll,
als sie, damit die Schwarzen nicht merkten, daß er nichts
von dem Kraute gegessen, und ihn nicht weiter dazu
nötigten.

Als die Schwarzen ihre tollen Gebärden sahen, be-
zeigten sie ihre Freude darüber und stellten ihnen Reis
mit Kokosöl in Menge vor. Die Tollen fraßen davon
wie die Schweine, soviel in sie hineinging. Sinbad
aß aber nur soviel, als er zum kümmerlichsten Unter-
halte seines Lebens bedurfte. So zehrte er täglich mehr

ab; aber seine Gefährten wurden nach und nach ordentlich gemästet. Als sie fett genug waren, holten die Schwarzen einen um den andern, schlachteten ihn und verzehrten sein Fleisch mit großer Lust. Sinbad aber grämte sich darüber so sehr, und seine Furcht vor dieser Todesart war so groß, daß er immer noch magerer und schwächlicher wurde. Dies war sein Glück; denn sie verschoben seinen Tod auf eine andere Zeit.

Sie ließen ihm, als er nur allein noch übrig war, auch größere Freiheit und sahen am Ende gar nicht mehr auf ihn. Als sie so eines Tages alle ausgegangen waren, machte er sich die Gelegenheit zunutze und entfloh. Nur ein alter Mann, der nicht mehr gehen konnte, war zu Hause geblieben, und dieser rief ihm nach und winkte ihm, zurückzukommen; allein er verdoppelte seine Eile und war ihm bald aus dem Gesichte. Die Schwarzen kamen gewöhnlich erst spät nach Hause. Sie erfuhren also seine Entweichung zu spät, und wahrscheinlich achteten sie den dürren Sinbad so gering, daß sie ihn gar nicht einzuholen suchten.

2.

Sinbad ging bis an den Abend und ruhte nur bisweilen kurze Zeit aus. Seinen Durst stillte er mit der Milch der Kokosnüsse und seinen Hunger mit ihrem Kerne. So ging er sieben Tage lang durch Einöden, denn er vermied sorgfältig die Gegenden, die bewohnt waren. Am achten Tage kam er durch einen dichten, wildverwachsenen Wald, und als er heraustrat, war er nahe an dem Meere und sah weiße Menschen, die Pfefferkörner von den Sträuchern einsammelten. Er ging auf sie zu, sie kamen ihm entgegen und fragten ihn in arabischer Sprache, wer er wäre und wie er daherkäme. Sinbad war ganz entzückt, Leute zu finden, die seine Muttersprache redeten. Er erzählte ihnen, wie er Schiffbruch gelitten und von der Strömung an diese Insel getrieben worden wäre.

„Aber die Bewohner dieser Insel sind ja schwarze Menschenfresser," erwiderte man ihm erstaunt. „Wie seid ihr denn ihrer Grausamkeit entronnen?" Er erzählte ihnen seine Vorsicht und seine Entweichung. Sie hörten ihm mit Erstaunen zu und nahmen ihn in ihrem Fahrzeuge mit sich nach einer nahen Insel, auf der sie wohnten. Hier stellten sie ihn ihrem Könige vor, und Sinbad mußte ihm seine Geschichte erzählen. Auch der König hörte sein Abenteuer mit großer Verwunderung. Er war sehr gutmütig und ließ ihm Kleider und anständigen Unterhalt reichen.

Sinbad erholte sich hier bald wieder von seinen ausgestandenen Leiden, denn er lebte durch des Königs Gnade in großem Überfluß. Die Insel war sehr bewohnt, die Königsstadt schön, und der Handel und die Gewerbe blühten darinnen. Sinbad sah sich allenthalben in der Stadt um, teilte den Kaufleuten seine Erfahrungen mit und ward so in kurzer Zeit bei allen sehr beliebt. Besonders nahm aber des Königs Gunst täglich mehr für ihn zu. In kurzer Zeit wurde er gar

nicht mehr für einen Fremdling angesehen, und wer an
dem Hofe oder in der Stadt etwas bei dem Könige zu
bitten hatte, wandte sich zuvor an ihn, damit er seine
Fürsprache dafür einlegte.

Einstmals ritt der König aus, und Sinbad stand dabei, als er zu Pferde stieg. „Mein König," sprach er
zu ihm, „ich wundere mich, daß weder Ihr noch Eure
Untertanen Eure Pferde mit Sattel und Zaum versehen läßt, wenn Ihr reitet." „Sattel und Zaum?"
fragte der König, „was ist das? Ich verstehe diese
Worte gar nicht. Wie sehen diese Dinge aus, die du
da genannt hast?" Sinbad beschrieb sie ihm und machte
ihm ihren Nutzen begreiflich. Das leuchtete ihm sehr
ein. Da ging Sinbad zu einem Handwerksmanne, der
in Holz arbeitete, und ließ ihn unter seinen Augen ein
Gestelle zu einem Sattel machen. Hierauf ging er zu
einem andern, der in Leder arbeitete, beschlug den
Sattel und polsterte ihn aus. Nun ließ er bei einem
Schlosser zwei Steigbügel schmieden und ein Gebiß.
Dies versah er nun alles mit Riemen und Schnallen
und sattelte und zäumte eins von des Königs Pferden
damit. Hierauf ließ er es von dem Könige besteigen.
Es war alles ziemlich gut gelungen. Dem Könige
gefiel diese Erfindung ungemein, und er beschenkte Sinbad sehr reichlich dafür. Die Großen von dem Hofe des
Königs baten ihn, er möge ihnen doch ein gleiches Geschirr für ihre Pferde machen, und Sinbad erfüllte gern
ihre Wünsche. Auch die reichsten Kaufleute der Stadt
wollten die neue Art zu reiten bald nachahmen. Sin-

bad konnte nicht Sättel genug verfertigen lassen; denn
er selbst arbeitete nicht mehr daran, sondern er hatte
sich sogleich mehrere Arbeiter in Sold genommen, die
nach seiner Anleitung arbeiten mußten. So erwarb
er sich in kurzer Zeit ein großes Vermögen und kam in
dem Reiche des Königs zu sehr großem Ansehen.

3.

Eines Abends kam Sinbad wieder einmal zu dem
Könige. „Höre, Sinbad," sagte der König, „ich habe
einen großen Wunsch auf dem Herzen, dessen Erfüllung
du mir zusagen mußt." Sinbad neigte sich vor dem
Könige und sprach: „Mein König, ich werde jede Gelegenheit ergreifen, mich Euch für die vielen Wohltaten,
die ich bei Euch genieße, dankbar zu erzeigen. Habt die
Gnade, mir Euren Wunsch zu nennen, damit ich ihn
sogleich erfüllen kann." „Ich liebe dich sehr," fuhr der
König fort, „und meine Untertanen lieben dich auch,
das weiß ich. Nun sehe ich aber, daß dich doch über
kurz oder lang die Sehnsucht nach deinem Vaterlande
von uns reißen wird. Das möchte ich verhüten. Um
dich nun mehr an mein Land zu fesseln, will ich dir
eine Frau geben. So mußt du dich in meinem Lande
häuslich niederlassen und kannst vielleicht in dem häus-
lichen Glücke deine Heimat vergessen."

Sinbad wagte es nicht, dem Könige etwas dagegen
einzuwenden, da ihm zumal der König eine der edelsten

Damen seines Hofes zur Gemahlin bestimmte, die zu
den schönsten Jungfrauen des Landes gehörte und
außer dem aufgewecktesten Verstande auch unermeßliche
Reichtümer besaß. Gleich nach seiner Verheiratung zog
er in den prächtigen Palast seiner Gemahlin und lebte
in schöner Eintracht mit ihr. Er wäre in seiner da-
maligen Lage ganz glücklich gewesen, wenn nicht von
Zeit zu Zeit das Andenken an sein Vaterland so lebhaft
in ihm erwacht wäre, daß es bisweilen in ein halbes
Heimweh überging.

Er war kaum ein Jahr verheiratet, da sah er eines
Tages aus seinem Fenster zu dem Hause eines Nach-
bars hinüber, mit dem er schon oft ein freundschaft-
liches Gespräch über die Straße gehalten hatte. Sein
Nachbar stand aber sehr traurig an das Gitter eines
Fensters gelehnt, schlug bisweilen die Hände über dem
Kopfe zusammen, bald rang er die Hände und weinte.
„Was fehlt euch, Nachbar?" fragte Sinbad. „Ach,
meine Frau ist mir diesen Morgen gestorben!" antwortete der Nachbar sehr betrübt. „Ei nun!" rief Sinbad wieder, „da tröstet euch. Ihr werdet nun bessere
Tage haben; denn ich hörte sie ja oft im Hause herum-
schelten, als sei sie ein Drache. Und ihr habt mir ja
selbst bisweilen über sie geklagt. Ihr seid sonst in allen
Stücken glücklich; so wird jetzt erst eure beste Zeit
anfangen."

„Ich habe nur noch eine Stunde zu leben!" sprach
der Mann und weinte sehr. „Was?" fragte Sinbad.
„Habt ihr sie denn so lieb gehabt, daß ihr euch des-

halb ums Leben bringen wollt?" „Ich glaube, ihr
spottet meiner!" antwortete der Nachbar. „Oder wißt
ihr in der Tat nicht, was hierzulande Sitte ist, wenn
eins von zwei Eheleuten stirbt?" — „Nun, was ist
denn Sitte?" fragte Sinbad erstaunt.

„Der Mann," antwortete der Nachbar, „dem die
Frau stirbt, wird mit der Frau lebendig begraben." —
„Lebendig begraben?" — „Lebendig begraben!" antwortete der Nachbar. „Seht, dort auf jenem Berge
liegt ein großer Fels. Der wird weggehoben, und dort
werden Mann und Frau, immer eins lebendig, das
andere tot, hinuntergelassen. Das Lebendige bekommt
einen Krug Wasser und sieben Brote mit. Wenn sie so
hinuntergelassen sind, wird der Fels wieder auf die
Öffnung gelegt, und dann erstickt man unten entweder
von dem Leichengeruche, oder muß bald des elendesten
Hungertodes sterben."

Sinbad hörte ganz bestürzt zu. „Wie kommt ihr
aber zu dieser abscheulichen Sitte?" fragte er endlich.
„Ich weiß es nicht!" war die Antwort. „Sie hat sich
von unseren Urältern bis auf uns erhalten und wird
sehr heilig beobachtet. Selbst der König unterwirft sich
diesem Gesetze."

Indem sie so zusammen sprachen, kamen schon die
Nachbarn, Freunde und Anverwandten herzu, um das
Leichenbegängnis zu ordnen. Der Leichnam der Frau
wurde mit ihrem Hochzeitsgewande bekleidet und mit
all ihrem Schmucke an Gold und Juwelen. Hierauf
legte man ihn in einen offenen Sarg und trug ihn fort.

Dicht hinter dem Sarge ging der Mann, und nach ihm
folgten die Anverwandten und Freunde. Der Zug
ging nach einem hohen, langen Gebirge, welches das
Meer dort begrenzte. Als sie oben angekommen waren,
5 hoben sie den großen Stein weg und senkten den Sarg
mit dem Leichnam in seinem Schmucke in die Grube
hinab. Es dauerte sehr lange, bis der Sarg unten aufstand, und an dem dumpfen, weithin verhallenden Getöse merkte man, daß das Gewölbe sehr groß sein mußte.
10 Als der Sarg hinabgelassen war, nahm der Mann noch
von allen seinen Begleitern Abschied. Indessen ward
ein leerer Sarg hergebracht. Er legte sich ohne Widerstand hinein. Man gab ihm einen Krug mit Wasser
und sieben kleine Brote mit und senkte ihn ebenso
15 hinab. Hierauf wälzte man den Fels wieder auf die
Grube, und der Leichenzug ging nach der Stadt zurück.

Sinbad war auch mitgegangen und hatte diesem Begräbnis traurig zugesehen. Sobald er wieder zu dem
Könige kam, sprach er davon und sagte: „Ich bin weit
20 in der Welt herumgekommen, aber von der grausamen
Sitte, die Lebendigen mit den Toten zu begraben, habe
ich nirgend gehört."

„Dafür ist an anderen Orten manche Sitte, die bei
uns nicht beobachtet wird," antwortete der König.
25 „Hier ist aber diese Sitte so allgemein und heilig, daß
ich selbst lebendig mit meiner Gemahlin begraben
werde, wenn sie vor mir stirbt." Da fragte Sinbad
mit bangem Herzen: „Sind denn auch die Fremden
gezwungen, diese Sitte zu beobachten?" — „Das ver-

steht sich von selbst!" antwortete der König. „Wer auf
dieser Insel geheiratet hat, ist dem Gesetze unter-
worfen."

Sinbad kehrte mit dieser Antwort sehr traurig nach
Hause zurück und lebte von nun an in beständiger
Furcht, daß seine Frau vor ihm sterben möchte, und er
sich dann lebendig begraben lassen müßte. Wenn seine
Frau nur ein wenig unpäßlich war, zitterte er für ihr
Leben. Aber nach wenigen Wochen ward sie wirklich
sehr krank und starb in den ersten Tagen ihrer Krankheit. Sinbads Kummer war grenzenlos. Er wünschte
oft: „Wäre ich doch lieber von dem einäugigen Riesen
oder von den schwarzen Menschenfressern verzehrt worden, als daß ich nun lebendig in die Gruft steigen soll."

Alle seine Klagen waren aber vergebens, es mußte
geschehen. Man legte den Leichnam seiner Frau in
ihren prächtigsten Kleidern und mit allem ihrem
Schmucke in den Sarg; er folgte dem Sarge, und die
Angesehensten des Hofes und der Stadt begleiteten ihn.
Als die Leiche hinabgelassen war, nahm der König mit
Tränen Abschied von ihm, so auch die übrigen Freunde.
Hierauf mußte er in einen leeren Sarg ohne Deckel
steigen, es wurden ihm sieben kleine Brote und ein
Krug Wasser hineingestellt, und so wurde er hinab-
gelassen, die Öffnung aber ward mit dem Felsstücke
zugedeckt. So wurde er lebendig begraben.

4.

Die Höhle war sehr dunkel, doch hatte Sinbad bei dem geringen Lichte, das oben durch die Öffnung hereinfiel, bemerkt, daß sie über fünfzig Ellen hoch und sehr geräumig war. Er sprang sogleich aus dem Sarge. Nun stand er da in völliger Dunkelheit. Wohin er sich wendete, stieß er an Särge oder Gerippe, und der Leichengeruch benahm ihm beinahe den Atem. Er hielt sich die Nase zu, stieg über die Särge weg und kam endlich auf eine Stelle, wo nur wenige Gerippe lagen. Indem er aber weiter vorwärtsgehen wollte, rasselte es in den Gerippen, als wollten sie sich alle aufrichten. Sehen konnte er nicht in der fürchterlichen Dunkelheit, und diese vermehrte seinen Schrecken. Er stand still und horchte. Da schnob es ihn an, wie ein Pferd schnaubt, das scheu wird, nur mit noch gräßlicherer Stimme, und es dünkte ihm, als bewege sich ein noch dunkleres Schattenbild vor ihm hin. Seine Verzweiflung gab ihm den Mut, dem Schattenbilde zu folgen. Von Zeit zu Zeit schien es ihm stehen zu bleiben, und wenn er dann wieder hinkam, schnob es ihn wieder an und floh vor ihm her. So verlockte es ihn weit in die Höhle hin, bis er sich endlich in einem engern Gange befand, in welchem er zu beiden Seiten mit ausgestreckten Armen die Felswand berühren konnte.

Indem er weiterging, ward es auf einmal etwas heller vor ihm, und mit freudigem Erschrecken sah er ganz ferne einen lichten Punkt. Vor ihm her aber eilte fliehend ein ungestaltetes Seetier, das wahrscheinlich

oft in die Höhle zu kommen pflegte, um sich von den
Leichen zu nähren. Zuweilen sah es sich noch immer
nach ihm um und schnaubte, ehe es wieder weiterrannte. Sinbad lief ihm
5 nach und erreichte endlich
den lichten Punkt. Es war,
wie er gehofft hatte, eine
Felsenspalte, durch die er
sehr bequem hinausgehen
10 konnte. Wie atmete er frisch,
als er wieder unter Gottes
freiem Himmel stand! Er

sah sich um, vor ihm war das Meer, und ringsum war
er von steilen Felsenwänden eingeschlossen, die oben
15 überhingen und unersteiglich waren. So war seine
Lage zwar noch immer sehr bedenklich, indessen war er
froh, nur nicht unter lauter Leichen seinem langsamen
Tode entgegensehen zu müssen.

Nach einiger Zeit fing aber der Hunger ihn zu quälen
20 an. Er erinnerte sich an die Brote, die man ihm im
Sarge mitgegeben hatte. Allein zu den Leichen zurück-

kehren wollte er nicht, und so ertrug er ihn eine Weile.
Endlich aber ward das Bedürfnis, etwas zu essen, immer dringender und dringender, und so entschloß er sich
denn nach langem Kampfe mit sich selbst, wieder zurück-
zugehen und das einzige Nahrungsmittel, das er sich
verschaffen konnte, zu holen. Als er aus dem engen
Gange in das weite Grabgewölbe eintrat, dachte er bei
sich, wie schrecklich es wäre, wenn er den Rückweg nicht
mehr fände. Darum legte er, wo er ging, Gerippe und
Särge so dicht nebeneinander, daß er sich an ihnen
wieder herausfinden konnte.

Nach langem Suchen fand er endlich seinen Sarg und
steckte die Brötchen zu sich. Indem er aber darnach
gesucht hatte, war ihm eingefallen, welcher Reichtum an
Juwelen, Gold und Perlen hier immer mitbegraben
würde. „Ob das alles hier vergraben bleibt oder
nicht!" dachte er bei sich. „Die Toten fragen nichts
mehr nach den Gütern der Erde und haben auch kein
Recht mehr an sie; und die Lebendigen würden diese
Kleinode nicht mitbegraben, wenn sie Ansprüche darauf
machten." So sammelte er viele Kostbarkeiten in den
Särgen umher, daß er von den Kleidern der Toten
Stücke herunterreißen mußte, um all die Ringe, Hals-
bänder, Ohrgehänge, Armbänder und dergleichen hin-
einzupacken. Von den Stricken, woran die Särge hinabgelassen wurden, lagen viele umher. Er band seine
Päckchen damit zusammen und ging hierauf, reich mit
solchen Schätzen beladen, nach dem Ausgange zurück.

Dort saß er und lebte von seinen sieben Brötchen und

beschäftigte sich die übrige Zeit damit, daß er seine
Kostbarkeiten bei dem Lichte betrachtete und besser zu-
sammenpackte, als er es in der Dunkelheit der Grabhöhle gekonnt hatte. So lag er einige Tage, und sein
Vorrat war eben aufgezehrt, als er eines Morgens ein
Schiff nahe an der Küste vorbeisegeln sah. Er rief, er
winkte, und bald bemerkte er mit freudeklopfendem
Herzen, daß die Schaluppe von dem Schiffe abgeschickt
wurde und nach ihm herüberfuhr.

Als er an Bord kam, fürchtete er, der Kapitän möchte
zufällig von derselben Insel sein, und gab darum auf
die Frage, wie er dahin gekommen sei, zur Antwort, er
hätte Schiffbruch gelitten und wäre von den Wellen an
dieses steile Ufer verschlagen worden. Er bot dem Kapitän einige von seinen Diamantringen an, allein dieser
war so erfreut über seine Rettung, daß er in der Freude
darüber durchaus gar nichts annehmen wollte.

Das Schiff segelte mit günstigem Winde an dem
Glockeneilande vorbei und erreichte nach zehn Tage-
reisen die Insel Serendib oder Zeilan, und nach sechs
Tagen landeten sie bei der Insel Kela. Hier tauschte
Sinbad für einige seiner Kostbarkeiten sehr billig einen
großen Vorrat von Waren ein, landete endlich in Balsora und kam wieder, mit unermeßlichen Schätzen
beladen, glücklich in Bagdad an. Vor allem bedachte er
wieder die Armen. Dann besuchte er seine Freunde
und Verwandten und lebte mit ihnen täglich in Fest
und Schmaus und freute sich seines Glückes.

Die fünfte Reise des Seemannes Sinbad

I.

Sinbad hatte einen unwiderstehlichen Trieb zum Reisen. Kaum war er wieder etliche Monate in seiner Heimat gewesen, so war ihm das ruhige Einerlei seines Lebens zur Last. Es trieb ihn wieder hinaus in die Welt, neue Länder und Völker zu sehen und neue Gefahren zu bestehen. Weil er bisher immer glücklich den augenscheinlichsten Gefahren entronnen war, so erschien ihm jede Gefahr nur als ein reizendes Abenteuer, und so entschloß er sich, eine fünfte Seereise zu machen. Er kaufte sich wieder einen großen Vorrat von Waren und ließ sie auf Kamelen nach Balsora bringen.

Um von dem Schiffer nicht abhängig zu sein, und hinfahren zu können, wohin es ihm beliebte, ließ er sich ein eigenes Schiff bauen, rüstete es aus und schiffte sich mit seinen Gütern ein. Da seine Güter aber keine volle Ladung ausmachten, nahm er noch einige Kaufleute von verschiedenen Völkerschaften mit ihren Waren zu sich und segelte ab.

Sie waren schon lange aus dem persischen Meerbusen hinausgekommen und fuhren im indischen Meere, als sie eines Tages an einer menschenleeren Insel landeten. Hier sahen sie gleich am Strande ein Rockei liegen. Sinbad erkannte es und führte die Kaufleute, die mit ihm reisten, um es herum, um ihnen zu zeigen, wie groß es wäre. Indem sie aber herumgingen, sahen sie, daß der junge Vogel Rock schon ein Loch durch die Schale gepickt hatte und seinen Schnabel herausstreckte. Da liefen die Kaufleute

schnell hin und holten sich jeder aus dem Schiffe ein Beil und fingen an, die Schale des Rockeies zusammenzuschlagen. Sinbad wehrte ihnen; sie ließen aber nicht ab, hackten Stücke von dem jungen Rock und ließen sie am Feuer braten.

Ihre Mahlzeit schmeckte ihnen ganz königlich, und sie lachten dabei über Sinbads Ängstlichkeit und kauten noch mit vollen Backen, als zwei schwarze Wolken am Himmel hinzuschweben schienen. Der Steuermann, der Sinbads Schiff führte, kam aber sehr ängstlich gelaufen und rief: „Eilet, eilet nur, daß ihr schnell ins Schiff kommt, denn eben fliegen die alten Rocken dorther. Wir sind verloren, wenn sie uns noch auf dem Lande treffen." Sie folgten schnell seinem Rate, und ehe die beiden riesengroßen Vögel noch nahe waren, flog das Schiff schon mit vollen Segeln über das Meer hin.

Mit furchtbarem Geschrei flogen die beiden alten Vögel zu ihrem Ei, und als sie es zerschlagen sahen, und das Blut und Stücke von ihrem Jungen auf dem Grase erblickten, da erhoben sie ein noch furchtbareres

Geschrei und flogen nach der Gegend hin, wo sie her-
gekommen waren. Als die Reisenden das sahen, wurden die Kaufleute wieder guten Mutes und riefen dem
Steuermanne zu: „O, ihr braucht nicht mehr so zu
eilen! Sie sind schon wieder fort!" Der Steuermann
aber schüttelte das Haupt und rief: „Ihr sprecht, wie
ihr's versteht. Ich weiß schon, was ich zu tun habe!"
Und gleich darauf rief er den Matrosen wieder zu und
ermunterte sie, tüchtig zu arbeiten.

Das Schiff segelte mit Blitzesschnelle von dannen.
Aber alsbald erschienen die beiden Vögel wieder, und
ihr Flug war so schnell, daß sie in wenigen Augenblicken über dem Schiffe schwebten. „Nun seht einmal
hinauf, ihr Gelbschnäbel!" rief der Steuermann den
Kaufleuten zu. Mit Schrecken sahen sie, daß jeder ein
großes Felsenstück in den Klauen hielt. Der eine Rock
ließ das Felsenstück fallen; aber der Steuermann verstand sein Geschäft so gut, daß er durch eine schnelle
Wendung das Schiff in demselben Augenblicke auf die
Seite wendete und der Fels neben demselben in das
Meer fiel. Das Meer teilte sich von dem schweren
Sturze des Felsen, und ein gewaltiger Spalt klaffte
tief hinab bis auf den Grund. Da ließ aber auch der
andere Vogel sein Felsenstück fallen, und der Steuermann konnte vor der heftigen Bewegung der Wellen
nicht mehr ausweichen. Der Fels fiel mitten aufs
Verdeck und zerschmetterte das Schiff in tausend Stücke.
Viele Matrosen und Kaufleute wurden zerquetscht, die
andern gewaltsam mit unter das Wasser hinabgerissen.

2.

Sinbad war auch mit untergegangen. Bald stieg er aber mit den Wellen wieder empor, und die Besinnung kam ihm wieder. Er packte ein Stück des zertrümmerten Schiffes und ließ sich von den Wellen treiben. Er hielt sich bald mit der Rechten und ruderte mit der Linken; bald hielt er sich mit der Linken und ruderte mit der Rechten. Der Wind trieb ihn vorwärts, und die Strömung der Wellen trug ihn an das Felsengestade einer Insel. Er erstieg den Felsen und ruhte dann oben im Grase.

Hierauf ging er eine Strecke Weges in die Insel hinein. Sie glich einem anmutigen Obstgarten. Die Bäume waren mit Früchten reich behangen und lachten ihn an. Zwischen den Bäumen schlängelten sich klare Quellenbächlein hindurch, der Rasen war mit Blumen bedeckt, und die Vögel erfüllten die Lüfte mit ihrem Gesange. Sinbad erquickte sich mit den Früchten und labte sich an den klaren Quellen mit einem frischen Trunke, und er wäre gewiß mit seinem neuen Aufenthalte sehr zufrieden gewesen, wenn er nur Menschen um sich gehabt hätte. Er hatte aber schon einen großen Teil der Insel durchstreift und keine Spur von Menschen gefunden.

Er glaubte schon, die Insel sei ganz unbewohnt, und legte sich am Abende sehr betrübt ins Gras, um vor der Ermüdung jenes Tages zu ruhen. Er schlief aber sehr unruhig; denn seine Vorwürfe ließen ihn nicht

schlafen. Der Gedanke, daß er nun ganz allein sei, weit
entfernt von seinem Vaterlande, von seinen Freunden,
ja sogar von allen menschlichen Wesen, erfüllte ihn mit
Grauen und Verzweiflung. „Ach!" rief er aus, „und
wem kann ich die Schuld zuschreiben, daß ich nun so
unbeschreiblich unglücklich bin, als mir ganz allein und
meiner unbefriedigten Reiselust!" Seine Verzweiflung
hätte ihn bald dazu gebracht, daß er sich wieder ins
Meer gestürzt hätte, um sein Leben darin zu enden, das
er wenige Stunden vorher mit Mühe aus demselben
gerettet hatte. Als aber der Tag anbrach, die Morgenröte den Himmel mit ihrem goldenen Schimmer überzog, und die Vögel ihre fröhlichen Gesänge wieder um
ihn her anstimmten, da sah er mit ruhigerm Herzen
umher, und seine Augen strahlten von neuer Lebensfreude. Er stand auf und setzte seine Wanderung durch
die Insel fort.

Als er aber wieder an einen Bach kam, sah er eine
menschliche Figur daselbst sitzen. Dem Ansehen nach
war es ein sehr gebrechlicher Greis, der nicht gehen
konnte. Er hatte um den Kopf einen Kranz von Schilfrohr, seine Ohren schienen ein Paar große, gewundene,
rötliche Seemuscheln, und um die Schultern hatte er
ein Gewand, das mit lauter großen Fischschuppen bedeckt war; seine Füße waren sehr dürr und mit Kuh-
haaren bewachsen.

Sinbad dachte, der Alte wäre vielleicht schon vor
langer Zeit auch, wie er selbst, durch einen Schiffbruch
auf die Insel gekommen, und grüßte ihn. Der Alte

erwiderte den Gruß nur mit einem leichten Kopfnicken. „Was macht ihr da?" fragte Sinbad; aber der Alte gab keine Antwort, sondern deutete ihm nur, er sollte

ihn auf die Schulter nehmen und über den Bach tragen. Dabei griff er mit der Hand in die Höhe und fuhr damit, als hätte er Obst abgepflückt, nach dem Munde, so daß Sinbad wohl verstand, daß er sich drüben Obst pflücken wollte.

Sinbad ließ sich nicht durch das sonderbare Aussehen des Mannes abschrecken; er bückte sich mitleidig zu ihm herunter und wollte ihn auf den Rücken nehmen. Aber der Alte war sehr schnell auf ihm, und als er sich mit ihm aufrichtete, schwang er mit unglaublicher Schnellig-

keit seinen einen Fuß auf Sinbads Schulter, und ebens[o]
behend zog er auch den andern Fuß auf die ander[e]
Schulter nach. Er hielt sich dabei an seinem Kopfe un[d]
umschlang ihm den Hals so fest mit den Füßen, daß er
kaum atmen konnte. „Nun, was soll das geben?" rie[f]
Sinbad ganz erschrocken. Statt zu antworten, lachte der
Alte aber ganz entsetzlich. Unwillig trug ihn Sinbad
über den Bach und bückte sich nun, damit er herabsteigen möchte. Je mehr er sich aber bückte und schüttelte, desto fester umklammerte ihn der Alte, und so
drückte er ihm den Hals so fest zusammen, daß er sinnlos mit ihm zu Boden stürzte.

Als Sinbad wieder zu sich kam, fühlte er, daß der
fatale Reiter seine Beine ein wenig auseinanderge-
sperrt hatte, damit er wieder zu Atem kommen sollte.
Er hoffte sich darum schnell von ihm loszumachen und
wollte seinen Kopf aus der Klemme ziehen. Der Alte
merkte das aber gleich und setzte ihm den rechten Fuß
mit einem sehr kräftigen Drucke auf den Bauch, und
mit dem linken spornte er ihn so tüchtig in die Seite,
daß der arme Sinbad notgedrungen aufstehen mußte.

Von nun an behandelte der alte Reiter unsern Sinbad
völlig wie ein Pferd: er lenkte ihn durch den Druck
seiner Schenkel, wohin er wollte, riß ihn auch manchmal
an den Haaren auf die Seite, wie man ein Pferd am
Zaume herumreißt; wenn er schneller von der Stelle
wollte, so spornte er ihn mit seinen Füßen in die Seite,
und wenn er halten sollte, stemmte er ihm beide Füße
auf die Brust und hielt ihn dabei mit den Händen an

dem Schopfe. Anfänglich versuchte sein Pferd zwar manchmal noch, den überlästigen Reiter abzuschütteln; der Reiter
vertrieb ihm aber sogleich den
Mutwillen durch einen gewalti-
gen Druck seiner Schenkel, womit er sich so fest an seinem
Halse anklammerte, daß Sinbad
alle Lust verging, sich widerspenstig zu erweisen. Er trug
seinen Reiter nun geduldiger,
obgleich nicht ohne Seufzen und
große Betrübnisse. Wenn der
Alte Hunger hatte, so mußte er
ihn unter die Bäume tragen, und
während er sich Obst pflückte,
reichte er Sinbad auch einiges;
auch ließ er es dann zu, daß Sin-

bad selbst pflückte, was er erreichen konnte. Aber daran
war gar nicht zu denken, daß er einmal abstieg und Sinbad einige Stunden ruhen ließ. Selbst des Nachts, wenn
sich Sinbad zum Schlafen niederlegte, hielt ihn der Alte
mit seinen Beinen umklammert, und jeden Morgen
weckte er ihn durch einen sehr fühlbaren Rippenstoß.

So trieb es der Alte alle Tage. Sinbad war nach
und nach seiner Last schon gewöhnt geworden. Da fand
er eines Tages einige Flaschenkürbisse, die von einem
verdorrten Stocke abgefallen. waren. Er nahm den

größten davon, brach ihn oben an dem dünnen Ende
auf und schüttelte die Kerne und das eingedorrte Mark
heraus; hierauf füllte er ihn an einem Quell etliche
Mal mit Wasser und schwenkte ihn rein aus. Nun
drückte er an einem Traubenstocke einige reife Trauben
zusammen und sammelte den Saft in seiner neuen
Kürbißflasche. Als er sie ganz gefüllt hatte, stellte er
sie an einen Baum in den Schatten und trug seinen
Reiter von dannen, wohin er ihn lenkte; denn er dachte
bei sich: „Nach einiger Zeit wird mich der Kerl doch
wieder einmal in diese Gegend lenken, und dann finde
ich doch eine Flasche Wein zu meiner Stärkung.“

Es währte aber nur ein paar Tage, da lenkte ihn
sein Reiter schon wieder in jene Gegend und ließ ihn
freiwillig bei seiner Kürbißflasche halten. Wahrscheinlich war er wohl neugierig, was sein Gaul mit dem
Dinge machen wollte. Sinbad versuchte sein Getränk.
Es war schon ein sehr wohlschmeckender Wein. Er
trank in vollen Zügen und trank immer noch einmal,
bis ihm nach und nach der rasche Wein nach dem Kopfe
stieg. Er vergaß sein elendes Leben; vergaß, daß er,
der zu Hause in Ruhe und Überfluß, geachtet und geliebt von den edelsten Menschen seiner Vaterstadt, leben
konnte, nun hier auf einer menschenleeren Insel einem
kaum halbmenschlichen Wesen Tag und Nacht die
Dienste eines Pferdes tun mußte. Er fing an, fröhlich
zu werden, sang ein lustiges Lied und sprang und
hüpfte mit seinem Reiter aus eigenem Antriebe, ohne
von ihm gespornt zu werden.

Das gefiel dem Alten. Er lachte ganz unmäßig und griff endlich auch nach Sinbads Weinflasche. Sinbad war schon gewöhnt, ihm in allen Stücken zu Willen zu sein, und überließ ihm die Kürbisflasche. Der Alte setzte sie an und trank sie leer, ohne abzusetzen. Es währte nicht lange, so fühlte auch er die Wirkung des Weines. Er lachte mit einem kreischend hellen Tone, klatschte in die Hände, jauchzte, und bisweilen spornte er sein Pferd mit einem kräftigen Rippenstoße. Nach und nach ward sein Rausch aber so stark, daß er seiner nicht mehr bewußt blieb; er schwankte auf Sinbads Schultern herüber und hinüber, daß Sinbad beinahe auch das Gleichgewicht verloren hätte. Doch nahm Sinbad den Augenblick in acht, da der Alte sich nicht mehr so fest mit seinen Beinen anklammerte, und schüttelte ihn glücklich von seinen Schultern herab. Vom Rausche und vom Sturze betäubt, lag er besinnungslos da. Da nahm Sinbad schnell einen großen Stein und zerschmetterte ihm mit demselben den Kopf.

Voller Freude, daß er nun mit einem Male von seiner Plage befreit war, lief er an das Ufer der Insel. Als er auf das Meer hinausschauen konnte, sah er ganz nahe ein Schiff vor Anker liegen. Bald kamen ihm auch Leute entgegen, die aus dem Schiffe gelandet waren, um Wasser und einige Erfrischungen einzunehmen.

Als sie ihn sahen, erstaunten sie sehr und fragten ihn, wie er denn dahergekommen sei. Sinbad erzählte ihnen seine Geschichte, wie er Schiffbruch gelitten und von den Wellen hierher getrieben worden war. Der Schiffs-

kapitän war indessen auch herzugekommen und hatte
seine Erzählung mit angehört. „Ich wundere mich
nicht, daß ihr euch aus dem Schiffbruche hierher
retten konntet,“ sprach er, „aber darüber wundere ich
mich, daß ihr hier noch am Leben geblieben seid. Denn
wir Seeleute kennen diese Insel gar wohl und wagen
es hier nur in großer Anzahl ans Land zu steigen,
weil wir den Meergreis fürchten, der sie bewohnt. Der
Bursche sieht, wie man sagt, kaum einem Menschen gleich
und sieht doch andere ehrliche Leute für Pferde an.“

„Ach, jawohl!“ versetzte Sinbad. „Also das war der
Meergreis. Ja, diesen hab’ ich auch nur zu gut kennen
gelernt. Noch vor wenigen Stunden ist er auf mir
geritten.“ „Was?“ rief der Schiffskapitän, „er ist auf
euch geritten, und ihr steht jetzt ohne ihn da? Das
scheint mir unbegreiflich; denn ich habe mir von anderen Reisenden erzählen lassen, wenn er einmal auf
einem Menschen reite, so bleibe er Tag und Nacht auf
ihm sitzen, bis er ihn endlich zu Tode geritten oder ihn
erwürgt habe.“

„Da seid ihr auch ganz mit der Wahrheit berichtet
worden,“ versetzte Sinbad. Hierauf erzählte er, wie es
ihm mit dem Meergreise ergangen, und wie er sich
seiner entledigt und ihn getötet habe. Als sie aber
hörten, daß dieser Bösewicht, der die fruchtbare Insel
ganz allein unsicher gemacht hatte, getötet sei, frohlock-
ten sie und umarmten Sinbad mit herzlicher Freude.
Und als sie nun wieder zu Schiffe gingen, nahm ihn
der Schiffskapitän sehr gern mit sich.

3.

Das Schiff segelte einige Tage mit günstigem Winde
weiter und lief nun in den Hafen einer großen Seestadt ein. Die Kaufleute stiegen aus und zerstreuten
5 sich in der Stadt, indem ein jeglicher seinen Geschäften
nachging. Einer der Kaufleute, der sich gleich im An-
fange sehr freundschaftlich gegen Sinbad erwiesen hatte,
nahm ihn mit sich nach einer Herberge, die für fremde
Kaufleute bestimmt war. In dieser Herberge trafen sie
10 mehrere Leute an, deren jeder einen leeren Sack trug.
„Seht,“ sprach der Kaufmann zu Sinbad, „diese Leute
gehen täglich hinaus und sammeln Kokosnüsse. Wollt
ihr euch hier etwas erwerben, so haltet euch zu ihnen.
Ich will euch einen Sack geben, und was ihr sammelt,
15 kaufe ich euch täglich ab. Auf diese Art könnt ihr in
kurzer Zeit so viel verdienen, daß ihr die Kosten einer
so weiten Reise bestreiten könnt, wie die eurige bis in
eure Heimat ist.“

Sinbad war mit diesem Vorschlage sehr zufrieden.
20 Der Kaufmann gab ihm einen Sack und Lebensmittel
für den Tag und warnte ihn noch, sich von den anderen
Leuten ja nicht zu weit zu entfernen, weil er sonst
leicht in Lebensgefahr geraten könne.

So ging denn Sinbad mit seinen Gefährten hinaus
25 in einen großen Wald, der aus lauter sehr hohen Kokos-
bäumen bestand. Sie versuchten hinaufzuklettern, allein
die Bäume waren allzu glatt und hoch; sie wollten nun
die Kokosnüsse herabschütteln, allein die Bäume waren

so dick, daß man sie kaum schütteln konnte, und die
Früchte hingen so fest, daß sie gar nicht durchs Schütteln abfallen konnten.

Indem sie nun dünnere und niedrigere Bäume aus-
suchen wollen, sahen sie, wie einige Affen, furchtsam
vor ihnen, von einer Kokospalme auf die andere spran-
gen. Im Unwillen, daß die Affen so leicht auf den
Bäumen umhersprangen und kletterten, worauf sie
selbst so gern gewesen wären, griff Sinbad nach einem
Steine und warf ihn auf einen Baum, auf dem einige
Affen beisammensaßen. Kaum bemerkten die Affen,
daß er nach ihnen geworfen hatte, so brachen sie zornig
Kokosnüsse von dem Baume und warfen mit denselben
nach Sinbad. Sinbad warf wieder, und die Affen er-
widerten abermals den Wurf mit einigen Kokosnüssen.
Nun warfen auch Sinbads Gefährten nach den Affen
auf anderen Bäumen, und auch diese warfen zornig mit
gefletschten Zähnen mit Kokosnüssen nach ihnen. So
warfen die Affen in kurzer Zeit eine Menge Kokosnüsse
herab, und sie sammelten dieselben in ihre Säcke. Wenn
die Affen aber nicht mehr werfen wollten, so durften sie
nur wieder mit einem Steine nach ihnen werfen, um
sie von neuem in Wut zu bringen.

Als jeder seinen Sack mit Kokosnüssen gefüllt hatte,
gingen sie nach der Stadt zurück. Der Kaufmann, der
Sinbad diesen Rat gegeben hatte, kaufte ihm seine
Beute so teuer ab, daß er sehr wohl zufrieden war. Er
ging von nun an täglich hinaus, sammelte auf die nämliche Weise Kokosnüsse und verkaufte sie dem Kauf-

manne. So erwarb er sich nach und nach eine ziemlich bedeutende Summe Geldes, auch sammelte er nebenbei für sich selbst einen beträchtlichen Vorrat von Kokosnüssen.

Als nun aber ein Schiff in den Hafen einlief, das Kokosnüsse einnehmen wollte, brachte er seinen Vorrat an Bord. Der Kaufmann, durch dessen Rat er in seinen jetzigen Wohlstand versetzt war, konnte noch nicht abreisen, weil seine Geschäfte noch nicht alle beendigt waren. Sinbad dankte ihm für seine Freundschaft und nahm Abschied von ihm.

Die Anker wurden gelichtet, der Wind blähte die Segel, und so steuerten sie ohne Aufenthalt nach einer Insel, auf welcher der Pfeffer in großem Überflusse wächst. Sinbad erhandelte mehrere Zentner Pfeffer für einen Teil seiner Kokosnüsse. Hierauf landeten sie wieder bei dem Vorgebirge Komorin auf einer Insel, wo er den Rest seiner Kokosnüsse gegen eine ansehnliche Menge Aloe austauschte. Mit einigen Kaufleuten ging er hierauf noch auf den Perlenfang. Er nahm einige Taucher in seine Dienste und erhielt durch diese eine Menge der schönsten und vollkommensten Perlen.

Fröhlich über das Glück, das ihn bei allen diesen Unternehmungen begünstigte, ging er wieder zu Schiffe und landete nach einer kurzen, gefahrlosen Fahrt in dem Hafen von Balsora. Von Balsora ging er zu Lande nach Bagdad. Er verkaufte seine mitgebrachten Waren sehr teuer und verwendete den zehnten Teil davon wieder zu wohltätigen Stiftungen.

Nun lebte er wieder in Pracht und Überfluß und suchte sich durch mannigfaltige Lustbarkeiten in dem Kreise seiner Verwandten und Freunde für die Mühseligkeiten seiner gefahrvollen Reise zu entschädigen.

Die sechste Reise des Seemannes Sinbad

I.

Kaum war ein Jahr verstrichen, seit Sinbad von
seiner fünften gefahrvollen Reise zurückgekehrt war, als
er schon wieder keine Ruhe mehr zu Hause hatte. Vergebens stellten ihm seine Freunde vor, wie er schon so
oft Schiffbruch gelitten und wie oft er in augenschein-
licher Todesgefahr geschwebt hatte; seine Lust zu neuen
Fahrten und Abenteuern war zu groß, als daß er den
Bitten seiner Verwandten Gehör geben konnte; er
machte Anstalten zu seiner sechsten Seereise.

Diesmal nahm er aber seinen Weg nicht wieder durch
den persischen Meerbusen, sondern durchzog einen Teil
von Persien und Indien. In Indien kam er endlich in
eine Seestadt, und da er hier erfuhr, daß bald ein
Schiff aus dem Hafen absegle, das eine lange Seereise
machen sollte, so mietete er sich auf demselben ein.

Das Schiff segelte schon am nächsten Tage ab. Bald
entfernten sie sich von den indischen Küsten, und in
wenigen Tagen sahen sie nichts mehr als Wasser und
Himmel. Sie fuhren mehrere Wochen und sahen immer noch nichts als Wasser und Himmel; aber der Matrose saß immer stumm in seinem Mastkorbe. Es ver-
gingen Monate, und der gewünschte Ruf: Land! erscholl nicht. Da gestand endlich der Steuermann und
der Schiffskapitän, daß sie des Weges nicht mehr kundig
wären und gar nicht wüßten, wo sie nur wären.

Eines Tages kam der Kapitän aber mit lautem Jammergeschrei auf das Verdeck, warf seinen Turban hin, trat mit den Füßen darauf herum, zerraufte sich den Bart und gebärdete sich wie ein Unsinniger.

„Was gibt's? was ist's?" fragten alle Reisenden in großer Bestürzung. „Ach!" rief er, „alles verloren! ohne Rettung verloren!" — Es dauerte lange, bis er endlich die Ursache seiner Verzweiflung deutlich aussprach: „Wir sind an der gefährlichsten Stelle des ganzen Meeres," sprach er. „Seht ihr denn nicht, wie ein reißender Strom das Schiff so blitzschnell fortreißt? In weniger als einer Viertelstunde sind wir alle verloren! Betet, daß uns Gott erlöset! Wenn er kein Wunder tut, so ist es gewiß aus mit uns."

Er wollte die Segel hierauf wenden lassen, aber die Seile zerrissen, und das Schiff ward mit großem Ungestüm gegen den Fuß eines unersteiglichen Felsengebirges getrieben. Es scheiterte zwar, doch konnten sich die Menschen an das Ufer retten, und selbst ihre kostbarsten Waren konnten sie ans Land bringen.

Die Stelle, auf welche sie sich gerettet hatten, war eine sehr große Felsenplatte, die sich von dem Felsengebirge in das Meer hinaus erstreckte. Von drei Seiten war sie von den brandenden Wogen des Meeres umgeben, und auf der vierten Seite erhoben sich lauter senkrechte oder wohl gar noch überhängende Felsenwände.

Der Schiffskapitän sah sich traurig um und sprach: „Gottes Wille geschehe! Er will unseren Tod; so grabe

sich denn jeder hier sein Grab. Denn von hier ist noch
keiner wieder zurückgekommen."

„Aber," fuhr er fort, „auch nicht einmal ein Grab
ist uns vergönnt; der Felsenboden ist zu hart, um sich
hier eins zu graben. Es geht uns wie diesen." Er
zeigte bei diesen Worten auf eine Menge menschlicher
Totengebeine, die zerstreut unter den Trümmern ge-
strandeter Schiffe umherlagen.

Eine Menge der kostbarsten Waren, die noch von
früheren Unglücksgenossen dahingebracht waren, konnte
auch ihre Traurigkeit nicht vermindern. Denn sie sahen
daraus, wie auch jene sich nicht retten konnten.

Auf der einen Seite, wo sich die Felsenplatte an das
Gebirge anschloß, drang aus dem Meere ein breiter
Strom in eine dunkle Felsenhöhle hinein, die innen,
wie man am Rande sehen konnte, mit lauter Kristallen
und Rubinen besetzt war. Über die Felsenplatte aber
floß aus der hintern Wand eine harzige Flüssigkeit, die
bei ihrem Ausfluß von den Fischen mit großer Gier
verschluckt wurde. Wenn sie dieselbe aber verdaut wieder von sich gaben, so waren es kleine Körner, und die
Wellen spülten sie wieder an das Ufer. Sinbad nahm
einige solcher Körner aus dem Wasser und fand, daß
dies das kostbarste Ambra war. „Ach!" rief er bei
dieser Entdeckung aus, „hätte ich nur jetzt ein gutes
Schiff hier, wie wollte ich es mit Ambra beladen."

„Das würde euch in dem Schiffe dann ebenso wenig
nützen!" antwortete der Schiffskapitän. „Die Strömung des Wassers ist ja so heftig, daß mit den Rudern

hier nichts getan werden kann. Nur wenn der Wind
recht tüchtig von der Landseite in die Segel bliese und
die Ruder dabei gebraucht würden, dann wäre es möglich, sich von hier zu entfernen. Aber ein günstiger Wind
kann hier eben nie wehen; denn die Berge sind zu hoch.
Weht er auch, so halten sie ihn auf, und zunächst am
Strande ist doch völlige Windstille. Wenn unser Schiff
also auch gar keinen Schaden genommen hätte, so wären
wir doch fest an diese Stelle gebannt. Für uns ist
keine Hilfe noch Rettung."

Sie brachten die nächsten Tage in stumpfer Traurigkeit über ihr Schicksal hin. Endlich teilten sie ihren
Vorrat an Lebensmitteln und teilten sich durchs Los
in die Strecke, wie weit jeder von ihnen von der Felsenplatte als sein Eigentum ansehen durfte. Schon nach
wenigen Tagen starben einige, die ihre Kräfte durch
übermäßige Trauer aufgezehrt hatten. Sie wurden
von den übrigen ins Meer geworfen.

Und so starben sie nach und nach alle, der eine früher,
der andere später, je nachdem es seine Leibesbeschaffenheit mit sich brachte oder nachdem er mit seinen Lebensmitteln gewirtschaftet hatte. Endlich war Sinbad nur
noch übrig. Er hatte gleich von Anfang an sehr mäßig
von seinen Lebensmitteln gelebt und war durch seine
früheren Schicksale so abgehärtet, daß er seine Unglücksgenossen alle überleben konnte. Als er aber den letzten
ins Meer warf, war sein Vorrat auch so klein, daß er
nur noch etliche Tage damit sein Leben fristen konnte.

2.

Als Sinbads Vorrat an Lebensmitteln eben zu Ende war, saß er eines Tages traurig und über seine Lage verzweifelnd an dem Ufer des Meeres und machte sich wieder die bittersten Vorwürfe über seine unersättliche Reiselust, die ihn in dieses Elend versetzt hatte. Die gewisse Aussicht, nun vor Hunger zu sterben, brachte ihn beinahe zur Verzweiflung. Er rang die Hände und zerfleischte sich mit seinen Zähnen die Arme, dann saß er wieder in dumpfem Hinbrüten da und blickte mit unverwandten Augen in die Wellen des Meeres.

Als er in einem solchen Augenblicke mit seinen Blicken wieder einmal auf den Strom hinstierte, der sich in die Felsenhöhle hineinzog, kam ihm wie durch göttliche Eingebung der Gedanke, ob er sich nicht auf diesem Strome vielleicht retten könnte. „Wie?" dachte er, „wenn du es versuchtest, auf einem Floße dem Zuge dieses Stromes nachzuschwimmen? Hier ist ja doch aufs höchste das Leben in Gefahr; und auf keinen Fall kannst du dir dieses länger erhalten. Und fahre ich auch hier meinem gewissen Tode entgegen, so ist kein Tod doch so schrecklich, als der Hungertod, der mir gewiß ist, wenn ich bleibe."

Er ließ es nicht lange bei dem bloßen Gedanken bewenden, sondern machte sich gleich daran und richtete sich aus den Trümmern und aus den Tauen, die von dem gescheiterten Schiffe am Strande lagen, ein Floß zu. Als es fertig war, belud er es mit einigen Ballen

der ausgesuchtesten Waren, unter welchen er die Wahl
hatte, mit Rubinen, Smaragden, Ambra, Kristall und
prächtigen Stoffen, und nun bestieg er es mit zwei
Rudern und überließ sich dem Strome, indem er sich
dem Schutze Gottes empfahl.

Die Höhle war sehr dunkel; der Strom führte ihn
pfeilschnell in derselben weiter, und als er nach einer

kleinen Weile einmal zurückblickte, sah er den Eingang
der Höhle schon in weiter Ferne nur noch wie einen
lichten Punkt leuchten. Bald war auch dieser Punkt
verschwunden, und er fuhr nicht ohne geheimen Schauer
in stockfinstrer Nacht. Zuweilen stieß sein Floß an den
Seiten an, und er konnte daran bemerken, daß die
Höhle sich verengerte. Aber je enger sie wurde, desto

schneller riß ihn der Strom fort. Plötzlich ward jedoch auch die Decke niedriger, und er stieß so heftig mit der Stirne gegen die Felsen, daß er besinnungslos umsank. Er wurde aber von dem Strome immer weiter und weiter fortgerissen.

Als er endlich wieder zum Bewußtsein kam und mit Verwunderung herumsah, saß er auf einer schönen Wiese im Schatten eines schönen Fruchtbaumes am Ufer eines großen Flusses, und um ihn her standen viele kohlschwarze Menschen und sahen ihn neugierig an; sein Floß war an dem Ufer des Flusses angebunden. Die Schwarzen redeten ihn an; doch er verstand nicht, was sie in ihrer Sprache zu ihm sagten.

Aber sein erstes deutliches Gefühl war Dankbarkeit gegen Gott, der ihn gerettet hatte. Er warf sich auf die Kniee und rief: „Rufe den Herrn in der Not an, und er wird dich erretten! Schließ deine Augen, und im Schlafe wird Gott deine Leiden in Freude verwandeln."

Da trat einer der Schwarzen zu ihm und redete ihn in arabischer Sprache an: „Fürchte dich nicht, lieber Bruder. Wir haben uns nur aus Neugier um dich versammelt und um dir zu helfen. Wir kamen heute in der Frühe hierher, um unsere Felder durch Kanäle aus diesem Flusse zu wässern, der von dem nahen Gebirge herabkommt. Da sahen wir dein Floß, das die Wellen hier ans Land getrieben hatten, und banden es fest. Anfangs glaubten wir, du wärest tot, und trugen dich hierher aufs Gras; bald aber fingst du wieder an zu atmen und erwachtest aus deiner Ohnmacht, in der du lagst. Sag' uns aber, wie hast du dich auf dieses reißende Wasser gewagt? und wo kommst du denn eigentlich her?"

„Bringt mir nur etwas zu essen; hernach sollt ihr alles erfahren!" rief Sinbad mit schwachem Atem und sank wieder in halber Bewußtlosigkeit nieder. Sie brachten ihm sogleich allerlei Speisen. Schon der Geruch labte ihn. Er aß und ward wieder ganz wohl und munter. Nun erzählte er ihnen seine Geschichte. Obgleich sie seine Sprache nicht verstanden, horchten sie doch aufmerksam zu. Der eine Schwarze, der Arabisch verstand, erzählte den andern dann immer in ihrer Sprache, was er sagte.

Sie erstaunten über die wunderbaren Begebenheiten und verlangten, er sollte mit ihnen zu ihrem Könige gehen. Sinbad war bereit dazu und erfuhr nun, daß er auf der Insel Serendib war. Sie brachten für ihn ein Pferd; seine Waren aber trugen sie ihm selbst nach, und sogar sein Floß packten die stärksten auf ihre Schultern und schleppten es hinter ihm her, um es ihrem Könige zu zeigen.

3.

Als Sinbad vor den König von Serendib kam, saß dieser in kostbarer Königstracht auf einem goldenen Throne, der mit lauter Edelsteinen besetzt war. Sinbad warf sich vor ihm nieder und berührte mit seiner

Stirne die Erde, denn er wußte wohl, wie man die indischen Fürsten begrüßen muß.

Der König gebot aber seinem obersten Diener, daß er ihn aufhebe. Hierauf nötigte er ihn mit freundlichem Gesichte, näherzukommen, und wies ihm neben sich einen Platz an. Hierauf fragte er ihn, wie er heiße. „Ich heiße Sinbad der Seemann," antwortete er und erzählte auf des Königs Verlangen die ganze Begebenheit, wie er auf die Insel gekommen war. Diese Erzählung dünkte dem Könige so merkwürdig, daß er sie mit goldenen Buchstaben aufzeichnen und aufbewahren ließ. Sinbad zeigte ihm nun auch sein Floß und öffnete die Ballen seiner Waren, die er mit sich gebracht hatte. Der König erstaunte über die Rubinen und Smaragde. Er betrachtete jeden einzeln in seiner Hand und versicherte mehrmals, daß er in seinem ganzen Schatze nicht einen einzigen von gleicher Größe und gleichem Werte besitze.

Da warf sich Sinbad vor ihm zur Erde und sprach: „Mein großer und edler König! nicht allein mein Floß und alle diese Waren gehören Euch; ich selbst bin Euer Sklave." Aber der König lächelte und schüttelte das Haupt: „Nein, nein, Sinbad! so war das nicht gemeint. Ich werde mich wohl hüten, dir das Geringste von den Gütern zu rauben, welche Gott dir geschenkt hat. Ich will im Gegenteile deinen Reichtum noch vermehren. Man soll dem Könige von Serendib nicht nachsagen, daß er einen Fremdling, den das Schicksal an seine Staaten verschlagen hat, gehen ließ, ohne ihm Beweise seiner Freigebigkeit gegeben zu haben."

Er trug hierauf einem der Herren von seinem Hofe auf, für Sinbad zu sorgen; ließ ihm eine sehr schöne Wohnung zu seinem Aufenthalte anweisen und schickte ihm von seinen eigenen Leuten zur Bedienung.

Sinbad führte ein glückliches Leben; was er bedurfte, hatte er in großem Überflusse. Täglich bezeugte er dem Könige durch einen kurzen Besuch seine Dankbarkeit und Ehrerbietung, und die übrige Zeit wandte er an, die Stadt und ihre Umgebung zu besehen. Er fand Rubine, Smaragde und den Schmergel, womit die Edelsteine geschliffen werden, Zedern und Kokosbäume und Perlen und Diamanten.

Nachdem er alles gesehen hatte, bat er den König um die Erlaubnis, nach seinem Vaterlande zurückkehren zu dürfen. Der König bewilligte ihm dieses auf eine sehr gnädige und ehrenvolle Art und gab ihm aus seiner Schatzkammer ein sehr reiches Geschenk.

Als er ihn entließ, befahl er den Leuten des Schiffes, mit welchem er abfahren wollte, ihm alle Achtung und Ehrerbietung zu erweisen. Hierauf gab er ihm einen Brief an Harun Alraschid, den Sultan von Bagdad, und ließ ihm einige Geschenke für denselben überreichen. Es wehte indessen ein günstiger Wind, und das Schiff fuhr ab.

Auf der weiten Reise hatte Sinbad hinlänglich Zeit, die für Harun Alraschid bestimmten Geschenke und den offenen Brief zu betrachten. Der Brief lautete also:

„Der König der Indier,
vor dem tausend Elefanten einhergehn,
der einen Palast bewohnt,
dessen Dach
von hunderttausend Rubinen strahlet,
der zwanzigtausend
mit Diamanten geschmückte Kronen
in seinem Schatze bewahrt,
wünscht dem Kalifen
Harun Alraschid
Heil!
Ist das Geschenk das ich dir sende,
Schon klein von Wert und unbedeutend
So nimm es doch, mein Freund und Bruder,
Als Zeichen meiner Freundschaft an,
Die ich zu dir im Herzen trage. —
Schenk' deine Freundschaft mir dagegen,
Daß wir nicht gleichen Rangs allein,
Daß wir auch gleichen Sinnes werden.
Versag' mir nicht die Bruderbitte.
Leb' wohl! und damit Gott befohlen.“

Das Geschenk bestand in einem Kelchgefäße aus einem einzigen, mit unnachahmlicher Kunst geschnittenen Rubin. Das Gefäß war einen halben Fuß hoch und innen gefüllt mit sehr runden Perlen von einer Größe, wie sie Sinbad noch gar nie gesehen hatte. Außer diesem und mehreren kostbaren Landesprodukten war bei dem Geschenke auch eine Schlangenhaut, die bedeckt war mit

Schuppen von der Größe einer Goldmünze. Aber si
hatte die seltene Eigenschaft, daß sie denjenigen, de
gewöhnlich darauf schlief, vor jeder Krankheit bewahrte

4.

Sinbads Fahrt war recht glücklich. Er landete wieder bei Balsora und zog von da nach Bagdad. Gleich
bei seiner Ankunft nahm er etliche Sklaven, welche die
Geschenke des Königs von Serendib tragen mußten,
und ging, von ihnen begleitet, nach dem Palaste des
Beherrschers der Gläubigen; da er die Ursache seiner
Ankunft sagte, ward er sogleich vor den Thron des Sultans geführt. Er warf sich auf die Erde und hielt eine
kurze Anrede an den Sultan und überreichte ihm den
Brief und die Geschenke. Harun Alraschid betrachtete
alles mit freudigem Erstaunen. Als er darauf den
Brief gelesen hatte, wandte er sich zu Sinbad und
sprach: „Ist der König denn wirklich auch so reich und
mächtig, als er sich in seinem Briefe rühmt?“

Sinbad warf sich bei dieser Anrede wieder auf die
Erde, und nachdem er aufgestanden war, sprach er:
„Beherrscher der Gläubigen, ich bin Zeuge, daß er seine
Macht in diesem Briefe nicht übertrieben hat. Nichts in
der Welt ist bewundernswürdiger, als die Pracht seines
Palastes, zumal wenn die Sonne auf das Rubindach
scheint. Und wenn dieser König einmal unter dem
Volke erscheint, so sitzt er auf einem prachtvollen
Throne, der ihm auf einem weißen Elefanten errichtet

ist, und zieht einher mitten zwischen zwei Reihen seiner
Minister und Kämmerlinge. Vor ihm aber steht auf
dem Elefanten ein edler Kriegsheld, der in der Hand
eine goldene Lanze trägt, womit er den Elefanten
lenkt; hinter dem Throne steht sein Großschatzmeister,
der eine goldene Säule trägt, von deren Spitze ein
Smaragd von der Länge eines halben Fußes herab-
glänzt. Die königliche Leibwache, die vor dem Elefanten herreiten muß, besteht aus tausend Mann. Ihre
Pferde sind alle sehr schön und von schneeweißer Farbe,
ihr Reitzeug von scharlachrotem Saffian mit goldenen
Schnallen; ihre Kleider sind von den kostbarsten Stoffen, und ihre Waffen leuchten von Diamanten und anderen Edelsteinen, womit sie besetzt sind. — Während
der König so einherzieht, ruft der Kriegsheld, der vor
ihm steht, von Zeit zu Zeit mit lauter Stimme: „Sehet
hier den großen König, den mächtigen und furchtbaren
Beherrscher der Indier; dessen Palast mit mehr denn
hunderttausend Rubinen geschmückt ist, der zwanzigtausend diamantene Kronen besitzt! Sehet hier den
größten König, der jemals eine Krone trug! der größer
ist, als der weise Salomo oder der mächtige König
Mihrage war." Sobald er diese Worte ausgesprochen
hat, ruft der Großschatzmeister hinter seinem Throne:
„Aber auch dieser König, der so groß und so mächtig
ist, muß sterben! muß sterben! muß sterben!" Darauf
antwortet der Kriegsheld sogleich: „Ehre sei dem, der
da lebt und nicht stirbt!"

Harun Alraschid wunderte sich sehr über diese Er-

zählung und fragte hierauf: „Ist der König von Serendib aber auch gerecht und weise, wie Salomo, den
er an Größe und Macht übertrifft?“ Sinbad warf sich
abermals nieder und antwortete: „Man findet weder
in seiner Hauptstadt noch in dem ganzen Lande einen
Richter; denn seine Untertanen erfüllen alle ihre Pflich-
ten gegen ihre Mitbürger auf das pünktlichste. Man
hört dort nichts von Klagen und Prozessen; und wenn
ja einer nicht klar einsieht, wie er in einer zweifelhaften
Angelegenheit handeln soll, so erteilt ihm der König
immer den weisesten Rat.“

Sinbad wurde hierauf von dem Kalifen mit Ge-
schenken und andern Beweisen seiner Zufriedenheit entlassen und lebte von nun an glücklich und zufrieden in
dem Kreise seiner Verwandten und Freunde und in dem
Besitze eines unermeßlichen Vermögens.

Siebente und letzte Reise des Seemannes Sinbad

I.

Eines Tages saß Sinbad, der Seemann, mit seinen Freunden bei einem fröhlichen Mahle und hatte eben von seinen auf Reisen ausgestandenen Leiden und Unfällen erzählt, als er plötzlich zu dem Sultan gerufen wurde.

„Sinbad,“ redete ihn Harun Alraschid an, „ich bin gesonnen, dem Könige von Serendib eine Antwort auf seinen Brief und einige Gegengeschenke zu schicken, um seine Höflichkeit zu erwidern. Weil du ihn aber schon kennst und mit den Sitten seines Landes vertraut bist, so habe ich dich hierzu als meinen Gesandten bestimmt.“

Sinbad erschrak sehr über diesen Befehl. „Beherrscher der Gläubigen!“ sprach er, „ich bin zwar Euer Untertan und bin Euch als solcher zu allen Diensten verpflichtet. Ich bitte Euch aber inständigst, einem anderen dieses ehrenvolle Geschäft zu übertragen. Ich habe schon sechs große Seereisen unternommen und gar vieles Ungemach ertragen, so daß ich es fühle, wie ich vor den Jahren alt werde und an Kraft abnehme.“

Auf des Sultans Verlangen erzählte er nun alle seine ausgestandenen Abenteuer und Lebensgefahren. Der Sultan hörte ihm mit großer Aufmerksamkeit zu. Als er geendet hatte, sagte der Sultan: „Deine Begebenheiten sind sehr wunderbar, und ich sehe wohl ein,

daß ein Mann, der so vielen Gefahren endlich glücklich
entkommen ist, die Lust an so fernen Reisen verlieren
muß. Allein aus Gefälligkeit für mich könntest du dich
doch wohl zu einer neuen Reise entschließen. Du hast
ja nichts zu tun, als nach der Insel Serendib zu reisen
und meine Antwort bei dem Könige zu bestellen. Hernach kannst du ja unmittelbar wieder zurückkehren;
aber hingehen mußt du. Du siehst ja wohl ein, daß ich
die Höflichkeit des Königs von Serendib nicht unerwidert lassen kann. Und wo fände ich einen Mann,
der sich zu einer solchen Gesandtschaft besser schickte
als du?"

Da Sinbad sah, daß es der Kalif durchaus verlangte,
willigte er endlich ein. Harun Alraschid war darüber
sehr erfreut und ließ ihm sogleich tausend Goldstücke
auszahlen, um sich zu der Reise gehörig einzurichten.

Als er nach etlichen Tagen schon reisefertig war,
überlieferten ihm des Sultans Diener die Geschenke für
den König von Serendib. Er nahm seinen Weg wieder
nach Balsora, schiffte sich daselbst ein und kam nach
einer glücklichen Fahrt in Serendib an.

Da er vor den König geführt wurde, erkannte ihn
dieser sogleich und rief mit großer Freude: „O, Sinbad, sei mir willkommen! Wie oft habe ich an dich
gedacht! Gesegnet sei der Tag, da wir uns noch einmal
sehen!" — Sinbad überreichte ihm vor allem den Brief
Harun Alraschids. Der König nahm ihn mit großer
Freude und las ihn laut. Er lautete also:

„Heil dem Namen des Herrschers,
der sein Volk den rechten Weg führet!
Heil dem mächtigen, glücklichen Sultan!
Solches entbietet
Abdalla Harun Alraschid,
den Gott auf den Stuhl
der Ehren gesetzt hat."

„Wir haben Euern Brief mit Freuden aufgenommen und senden Euch dagegen diesen, der
ausgeflossen ist aus dem Rate unserer Pforte
des Gartens der obern Geister. Wir hoffen,
so Ihr ihn Eures Anblickes würdiget, werdet
Ihr unsere gute Meinung nicht verkennen und
sie Euch wohlgefallen lassen. Gott befohlen!"

Hierauf ließ der König von Sinbad die Geschenke
darbringen. Zuerst ward hereingebracht ein herrliches
Ruhebette von Goldstoff und fünfzig Prachtgewande
von den kostbarsten und reichsten Geweben, dann hundert andere Gewande von der feinsten Leinwand, die
gewebt war in Kairo, in Kufa und Alexandria.
Hierauf brachte ihm Sinbad noch ein Bette dar, das
war umkleidet mit karmesinroten Hüllen, und ein anderes Bette mit himmelblauen Hüllen. Ferner überreichte er ihm ein Becken aus milchbläulichem Chalzedon, auf dessen Boden in halb erhabener Arbeit ein
Mann gebildet war, der auf einem Knie lag und in
seinen Händen Pfeil und Bogen hielt, womit er nach
einem Löwen zielte. Zuletzt überreichte er ihm noch

einen sehr reichen Tisch. Das Becken aber und der
Tisch hatten noch den besondern Wert, daß sie noch vor
Salomo dem Weisen herrühren sollten.

Der König von Serendib war über diese Geschenke
sehr erfreut. Er verlangte, Sinbad sollte einige Zeit
bei ihm bleiben; dieser entschuldigte sich aber mit dem
Vorwande, daß er seinem Sultan baldige Nachricht von
dem Ausgange seiner Sendung überbringen müßte,
und so ward er reich beschenkt mit vieler Huld entlassen. Er ging sogleich zu Schiffe, um nach Bagdad
zurückzukehren.

————

2.

Der Himmel war ihm sehr günstig, und Sinbads
Fahrt ging die ersten Tage ganz glücklich vonstatten.
Aber am dritten oder vierten Tage wurde sein Schiff
von Seeräubern angegriffen und mußte sich sogleich
ergeben, weil wenig oder gar keine bewaffnete Mannschaft darauf war. Einige mußten ihre Gegenwehr mit
dem Leben bezahlen. Sinbad ward mit den übrigen
weggeführt. Die Seeräuber zogen sie nackend aus und
gaben ihnen nur einige Lumpen zur Bedeckung. Sie
brachten sie darauf auf eine große, weit entlegene Insel
und verkauften sie dort als Sklaven.

Sinbad ward von einem reichen Kaufmanne gekauft,
der ihn sogleich mit sich nach Hause führte, wo er ihm
reinliche Sklavenkleider geben und ihm gute Speisen
vorsetzen ließ.

Nach einigen Tagen fragte ihn sein Herr, ob er ein Handwerk verstehe. „Nein," antwortete Sinbad, „ich bin ein Kaufmann; allein die Seeräuber haben mir mein ganzes Vermögen geraubt." Der Kaufmann fragte ihn hierauf, ob er denn mit dem Bogen zu schießen verstehe. „O, ja!" antwortete Sinbad, „in meiner Jugend habe ich mich darin wohl geübt und habe es noch nicht ganz vergessen." Sein Herr schien darüber sehr zufrieden und gab ihm einen guten Bogen und einen Köcher mit Pfeilen. Hierauf setzte er sich auf einen Elefanten; Sinbad mußte hinter ihm aufsitzen, und nun ging's im schnellen Trabe drei Stunden lang fort. Sie kamen in einen sehr großen Wald, und als sie endlich tief in demselben waren, gab er mit seinem Stabe, womit er den Elefanten lenkte, demselben ein Zeichen, daß er halten sollte. Der Elefant hielt, und die beiden Reiter stiegen ab. „Hier," sagte der Kaufmann zu Sinbad, „steige auf einen dieser großen Bäume, und wenn Elefanten vorbeigehen, so schieße nach ihnen, bis du einen erlegst. Fällt aber einer, dann komm nach der Stadt und sage mir's an." Er gab ihm hierauf ein Tuch, in welches er einige Lebensmittel geknüpft hatte, und ritt dann auf seinem Elefanten im schnellsten Trabe durch den Wald zurück.

Sinbad saß den Abend und die Nacht auf seinem Baume; es ließ sich aber kein Elefant blicken. Am andern Morgen kam endlich ein ganzer Trupp herbei. Er schoß einige Pfeile nach ihnen; sie prallten aber alle ab an ihrer harten Haut. Endlich traf er wieder einen, der Pfeil blieb stecken, und der Elefant stürzte zusammen; die andern Elefanten liefen mit lautem Gebrülle davon.

Nun stieg Sinbad schnell von seinem Baume herab und eilte nach der Stadt. Sein Herr war sehr erfreut, ihn so bald wiederkommen zu sehen, und stellte ihm zur Belohnung unter vielen Lobeserhebungen seiner Geschicklichkeit eine gute Mahlzeit vor. Hierauf ritten sie miteinander auf dem Elefanten nach dem Walde. Als sie an

den Wald kamen, stieg der Kaufmann aber ab und gebot Sinbad, ebenso zu tun. „Wenn der Elefant sonst merkt, daß ein anderer Elefant getötet ist, möchte er ihn an uns rächen!" sprach er, „man hat schon manche Beispiele dieser Art erlebt."

Sie gingen nun an die Stelle, wo der getötete Elefant lag, und begruben ihn daselbst. Bei der Gelegenheit erzählte der Kaufmann, daß er mit Elefantenzähnen handle, und daß er es immer mit den Elefanten so mache. Wenn sie dann verfault wären, so könne er die Zähne ohne Mühe erhalten.

Von nun an mußte Sinbad immer auf die Elefantenjagd gehen. Es verging kein Tag, an dem er nicht einen erlegte; denn er blieb nicht immer auf demselben Baume, sondern stellte sich bald auf diesen, bald auf jenen.

Als er so eines Morgens wieder auf einem Baume stand und auf die Ankunft der Elefanten wartete, kamen sie mit entsetzlichem Gebrülle herbeigeeilt. Sie liefen diesmal aber nicht, wie sonst gewöhnlich, an dem Baume vorbei, sondern eine unübersehbare Herde drängte sich um den Baum herum, auf dem Sinbad saß. Die Erde erbebte unter ihren Tritten, und auch Sinbad erbebte, als sie sich um seinen Baum herumdrängten und mit ausgestreckten Rüsseln und unverwandten Augen nach ihm hinaufsahen und hinaufbrüllten. In Schrecken ließ er auch seinen Bogen fallen und saß nun ganz wehrlos da.

Die Elefanten standen aber nicht lange so ruhig um ihn her. Alsbald umschlang einer der größten den Baum mit seinem Rüssel, riß ihn mit der Wurzel aus der Erde und warf ihn nieder. Sinbad war in Todesfurcht mit dem Baume auf die Erde gestürzt; da faßte ihn ein Elefant mit seinem Rüssel, hob ihn auf und

setzte ihn auf seinen Rücken. Nun ging's in vollem
Trabe tiefer in den Wald hinein, aus welchem die Elefanten gekommen waren. Sinbad saß halbtot vor
Schrecken auf dem
5 Rücken seines Ele-
fanten, der mit ihm
davonrannte, und
hinterdrein trabte
die ganze Herde.

10   Endlich warf der Elefant seinen Reiter ab und
rannte mit den übrigen davon. Sinbad lag eine gute
Weile besinnungslos auf dem Boden. Als er wieder zu
sich gekommen war und umherblickte, sah er sich auf

einem kahlen Sandhügel, der mit Knochen und Zähnen von verwesten Elefanten ganz bedeckt war. Er sah deutlich, daß dies der Begräbnisplatz der Elefanten sein müßte, und erstaunte über die Vernunft dieser Tiere. „Sieh, sieh," sprach er bei sich, „die Elefanten haben es bemerkt, daß ich sie um ihrer Zähne willen verfolgte, und brachten mich darum hierher, wo ich die Zähne ohne Mühe nur nehmen darf. Sie hätten sich rächen können; aber andere hätten sie immer noch verfolgt, wenn sie mich auch getötet hätten. Darum zeigen sie mir lieber die Stelle, wo sie ihre Toten begraben, um sich so gegen alle Nachstellung zu sichern!"

Sogleich eilte Sinbad nun nach der Stadt zurück. Er lief die ganze Nacht und kam am folgenden Tage erst spät und sehr müde bei seinem Herrn an. Dieser war sehr erfreut, ihn wieder zu sehen, und rief ihm entgegen: „Ei, du armer Sinbad, bist du wieder da? Ich habe dich schon für verloren gehalten; denn weil du gestern nicht zurückkamst, ging ich diesen Morgen nach dem Walde und fand deinen Bogen bei einem entwurzelten Baume liegen. Da glaubte ich, es sei dir ein Unglück zugestoßen. Dem Himmel sei Dank, der dich erhalten hat; denn große Gefahr hast du gewiß bestanden."

Sinbad erzählte ihm nun seine Begebenheit. Als der Kaufmann aber von dem Begräbnisorte der Elefanten hörte, der ganz mit Elefantenzähnen bedeckt wäre, so konnte er seine Freude nicht mehr mäßigen, sondern fiel Sinbad um den Hals und rief: „Gott überhäufe dich mit Heil und Segen. Von heute sollst du mein

Sklave nicht mehr sein; ich schenke dir die Freiheit für
diese frohe Nachricht und begehre nichts dagegen, als
daß du mich morgen an die Stelle führst. Denn wisse,
was ich dir bisher verschwiegen hatte. Die Elefantenjagd ist so gefährlich, daß uns jährlich unzählige
Sklaven getötet wurden. Wenn wir ihnen auch die
größte Vorsicht anbefahlen, so verloren sie doch früher
oder später durch die List dieser Tiere ihr Leben. Dich
allein hat Gott so lange erhalten; und das ist ein Beweis, daß Gott dich liebt und dich in der Welt noch
brauchen will. Bisher konnten wir gar kein Elfenbein
erhalten, als wenn wir das Leben unserer Sklaven der
List und Wut der Elefanten preisgaben. Durch deine
Entdeckung schaffst du mir und der ganzen Stadt einen
unglaublichen Vorteil. Ich belohne dich durch die ge-
schenkte Freiheit noch nicht hinlänglich; ich will dir auch
noch reiche Gaben hinzufügen. Würde ich deine Entdeckung jetzt gleich bekannt machen, so würden gewiß
alle Einwohner dazu beisteuern, dich zu belohnen. Ich
will aber den Ruhm, dich belohnt zu haben, allein verdienen.“

Sinbad dankte ihm für seine Freiheit und bat ihn
um die Erlaubnis, in sein Vaterland zurückkehren zu
dürfen. „Wohlan,“ sprach sein Herr, „bald ist es nun
wieder an der Zeit, da der Wind sich wendet und sechs
Monate lang nach unserer Küste herweht. Wir nennen
diesen Wind Mousson, und wenn er weht, dann landen
viele Schiffe, die Elfenbein bei uns holen, und mit
einem solchen kannst du nach deiner Heimat steuern.“

Am nächsten Morgen setzten sie sich auf einen gezähmten Elefanten und ritten auf ihm in wenigen Stunden nach dem Begräbnishügel der Elefanten. Sinbads Herr umarmte ihn hier nochmals mit Freudentränen, als er die Menge Elfenbein umherliegen sah. Sie beluden den Elefanten, so schwer er tragen konnte, und kamen von nun an täglich, bis der Kaufmann alle seine Vorratshäuser gefüllt hatte. Auch die übrigen Einwohner der Stadt kamen und holten von den Zähnen, denn bald war Sinbads Entdeckung in der ganzen Stadt bekannt geworden.

3.

Bald wendete sich der Wind, und mit geblähten Segeln schwammen von allen Seiten die Handelsschiffe herbei, um Elfenbein zu laden. Sinbads Herr wählte selbst dasjenige aus, mit welchem Sinbad reisen sollte, und belud es für ihn halb mit Elfenbein. Überdies gab er ihm noch viele kostbare Geschenke und Nahrungsmittel für die Reise. Sinbad dankte ihm für alle seine Wohltaten und nahm mit gerührtem Herzen Abschied von ihm. Das Schiff segelte ab, und die lange Seereise ward ihm durch das beständige Andenken an die wunderbare Begebenheit, die ihm die Freiheit verschafft hatte, verkürzt. Sie fuhren an einigen Inseln an, um Erfrischungen einzunehmen. Als sie aber endlich an einem Hafen des festen Landes anfuhren, ließ Sinbad sein Elfenbein und alle seine Güter ans Land bringen und beschloß, die fernere Reise zu Lande zu machen, um die Gefahren der weiten Seereise zu vermeiden. Er verkaufte sein Elfenbein und löste eine sehr bedeutende Summe Geldes dafür.

Als er endlich reisefertig war, ging er mit einer Karawane ab. Sehr lange war er auf der Reise und stand manche Beschwerlichkeit und große Mühseligkeiten aus. Doch tröstete er sich immer damit, daß er nun weder Schiffbruch leiden, noch Seeräubern in die Hände fallen könne. Auch war er den Stürmen nicht ausgesetzt und brauchte sich vor Schlangen und andern Ungeheuern nicht zu fürchten; denn die Karawane, mit der er reiste, war sehr groß.

Glücklich kam er zuletzt in Bagdad an. Er kleidete sich aufs kostbarste und ging zu dem Kalifen, um ihm von seiner Gesandtschaft Meldung zu tun. Der Kalif war sehr erfreut über seine Ankunft und sprach: „Ich war deinetwegen sehr in Sorgen, Sinbad! Da du so lange ausbliebst, fürchtete ich, es möchte dir ein Unfall zugestoßen sein. Doch dachte ich mir, daß dich Gott nicht verlassen würde."

Sinbad erzählte ihm seine unglückliche Rückreise, wie er als Sklave verkauft war, und welche Begebenheit ihm die Freiheit verschafft hatte. Der Kalif war über die Geschichte von den Elefanten sehr erstaunt und würde sie nicht geglaubt haben, wenn er Sinbads Wahrheitsliebe nicht gekannt hätte. Er ließ einen Schreiber rufen, und Sinbad mußte auch diesem nicht nur

diese, sondern alle Geschichten seiner Reisen erzählen,
damit er sie mit goldenen Buchstaben niederschriebe.
Zu dieser Ehre fügte der Kalif noch reiche Geschenke, und so hatte Sinbad seine siebente und letzte
Reise beendigt.

Beschluß

Von nun an lebte Sinbad ein behagliches Leben. Täglich hatte er seine Verwandten und Freunde bei sich zu
Tische; sein Haus war aufs geschmackvollste eingerichtet, seine Tafel war mit den seltensten Speisen besetzt;
sein Garten war aufs reizendste angelegt; die kunstreich-
sten Sänger und Sängerinnen mußten sich um ihn versammeln, um ihn mit ihren Gesängen zu entzücken;
kurz, alles, was das Leben angenehm machen kann,
stand ihm zu Gebote; denn seine Reichtümer, die er sich
auf seinen Reisen gesammelt hatte, waren so groß, daß
er es dem Sultan von Bagdad an Aufwand hätte
gleichtun können, ohne sie zu erschöpfen. Bald redete
jedermann in Bagdad von dem reichen Seemanne, und
seine Freigebigkeit gegen Arme wurde weit und breit
gerühmt.

Nur ein armer Lastträger hatte noch nichts von ihm
gehört. Dieser ging eines Tages mit einer schweren
Last durch die Straße, da Sinbad wohnte. Er war
schon müde, denn er hatte die Last an dem entfernten
Ende der Stadt zu tragen bekommen und sollte sie an
das andere Ende bringen. Die Luft wehte ihm hier
sehr mild und kühl; er sah ein sehr großes Haus, die
Straße war vor demselben mit Rosenwasser besprengt.
Dies alles lud ihn ein, sich hier ein wenig auszuruhen.
Er legte seine Last bei dem großen Hause nieder und

setzte sich darauf. Bald drang auch aus einem nahen
Gitterfenster ein süßer Wohlgeruch von allerlei seltenem
und kostbarem Räucherwerk heraus. Aber mehr als
dies alles kitzelte seine Nase der Geruch von mancherlei
wohlbereiteten Speisen, der sich mit jenem Räucherwerk
vermischt hatte. Drinnen erklangen aber zugleich auch
viele Instrumente; er hörte fröhliche Gesänge und
fragte einen der Diener, die an der Türe standen: „Was
wird denn für ein Fest da drinnen gefeiert?“ „Ei,
was! Fest!“ antwortete der Diener. „So geht's hier
jeden Tag zu! Fest! Jeder Tag ist bei meinem Herrn
ein Festtag.“

„Wer ist denn dein Herr?“ fragte der Lastträger.
„Was?“ antwortete der Diener. „Gibt's denn noch
einen Menschen in Bagdad, der nicht weiß, daß hier
Herr Sinbad wohnt, der reiche Seefahrer, der alle
Meere durchsegelt hat und nun seine erworbenen Güter
in Ehren genießt?“ „Ja, ja,“ setzte er hinzu, „hier
wohnt Herr Sinbad, der Seemann!“ und ging wieder
an die Türe.

Der Lastträger sah noch einmal das große Haus an
und rief dann laut mit großer Erbitterung über sein
Schicksal: „Allmächtiger Gott, ich leide täglich Mangel
an den notdürftigsten Lebensbedürfnissen und kann
meine Kinder kaum mit dem schlechtesten Gerstenbrote
sättigen, und dieser Sinbad verschwendet täglich so unermeßliche Reichtümer und lebt herrlich und in Freuden! Was hab' ich denn getan, daß ich so darbe? und
was hat er denn getan, daß er in solchem Überfluß

lebt?" Er stampfte mit diesen Worten unwillig mit dem
Fuße auf die Erde und versank in tiefe Gedanken über
sein Schicksal.

Da trat alsbald ein Diener aus dem Palaste zu ihm,
nahm ihn beim Arme und sprach: „Komm, gehe mit
mir! Herr Sinbad will mit dir sprechen!" Der arme
Lastträger stutzte. „Wie?" dachte er, „sollte dich Herr
Sinbad haben reden hören? Er wird dich gewiß zur
Rede stellen über deinen Ausruf."

Er entschuldigte sich, er könne doch seine Last nicht
mitten auf der Gasse liegen lassen. Aber der Diener
nahm diese Ausrede gar nicht an, sondern ließ durch
andere Diener die Last sogleich in den Hof bringen und
führte ihn in dem Hause in einen prächtigen Speisesaal.
Hier stand eine große bedeckte Tafel, reich besetzt mit
den köstlichsten Speisen und aufs anmutigste mit Blumen und silbernen und goldenen Geräten geziert.
Ringsum die Tafel saßen reich gekleidete Herren, aber
obenan saß ein sehr ernsthafter, stattlicher Mann mit
einem langen Barte, den das Alter schon grau zu färben
begann. Hinter ihm stand eine große Menge geschäf-
tiger Diener und Aufwärter. Der arme Lastträger
war über den Anblick eines so kostbar eingerichteten
Saales und über die Pracht, die ihn umgab, so bestürzt,
daß er die Gesellschaft ganz verlegen grüßte.

Sinbad aber, der Mann mit dem ehrwürdigen Ansehen, nötigte ihn, näherzukommen, und wies ihm
einen leeren Platz zu seiner rechten Seite an. Der Lastträger wollte sich nicht setzen; allein Sinbad nötigte ihn

so freundlich, daß er endlich seine Schüchternheit verlor,
sich niedersetzte und mit sehr guter Eßlust die Speisen
verzehrte, die ihm Sinbad vorlegte. Auch der köstliche
Wein, den ihm die Diener von dem wohlbesetzten
Schenktische zubrachten, behagte ihm sehr, und er verlor
nach und nach alle Verlegenheit.

Als die Mahlzeit aber nun beendigt war und die
Musik auf einen Augenblick verstummte, wandte sich
Sinbad mit zutraulicher Freundlichkeit zu dem Last-
träger und fragte ihn: „Lieber Bruder, nun sage mir
auch, wie nennt man dich? und was treibst du für ein
Gewerbe?"

„Ich heiße Sinbad," antwortete er, „und bin ein
Lastträger. — „Ich freue mich," antwortete Sinbad,
„dich bei mir zu sehen. Nun wünschte ich aber noch
einmal von dir zu hören, was du vorhin auf der Straße
so laut über dein Schicksal ausrieffst. Ich stand noch
am Fenster, ehe ich mich zu Tische setzte, und habe deine
Worte da mit angehört. Wiederhole sie noch einmal."

Der Lastträger schlug errötend die Augen nieder.
„Herr," sprach er, „ich gestehe, ich war unwillig über
mein hartes Schicksal, weil ich gerade müde war, und
habe da meine Worte freilich nicht gewählt, wie ich
gesollt hätte. Ich bitte euch deshalb um Verzeihung."

„Nein, nein," rief da Sinbad sehr schnell, „ich will
dir darüber keine Vorwürfe machen; denn ich kann mich
ganz in deine Gemütsstimmung hineindenken und be-
dauere dich. Aber aus einem Irrtum muß ich dich
reißen; deswegen habe ich dich hereinrufen lassen. Du

glaubst wohl, das Glück habe mir ohne alle Mühe seine
Gaben gereicht, und ich genieße nun, was ich gar nicht
verdient habe? — Nein, mein Bruder! viele Jahre
habe ich die größten Anstrengungen und Leiden ertragen, die seltsamsten Abenteuer und Gefahren bestanden,
und oft war ich dem Tode näher als dem Leben. Was
ich jetzt genieße, ist die Frucht meiner sieben gefahrvollen
Seereisen. — Da meine Freunde hier auch nur einiges
von diesen Reisen wissen, so will ich sie euch nun aus-
führlicher erzählen."

Ehe er seine Erzählung anfing, ließ er durch einen
seiner Leute die Last an den Ort bringen, den der
Träger bezeichnete. —

Als er die Begebenheiten seiner ersten Reise erzählt
hatte, hielt er inne. Er gab ein Zeichen, und die herr-
lichste Musik begann von neuem. Sie aßen und tranken bis an den Abend, und als nun der Lastträger weg-
gehen wollte, ließ sich Sinbad einen Beutel mit hundert
Zechinen bringen und gab ihm denselben mit den Worten: „Da, nimm dies mit nach Hause und vergiß heute
deine Armut. Morgen aber komme wieder und höre
die Geschichte meiner zweiten Reise."

Da er nach Hause kam und den vollen Beutel zeigte,
freuten sich seine Frau und Kinder mit ihm über die
Gnade, die Gott ihnen durch Sinbad erwiesen hatte.

Am andern Morgen kleidete sich der arme Lastträger
so gut er nur konnte und ging wieder zu Sinbad, der
ihn wieder zu sich zu Tische nahm. Nach Tische erzählte
Sinbad seine zweite Reise, und am Abende gab er ihm

wieder einen Beutel mit hundert Zechinen. Und so kam der arme Lastträger siebenmal zu Sinbad und hörte ihn die Begebenheiten seiner sieben Reisen erzählen und erhielt jedesmal am Abende einen Beutel mit hundert Zechinen.

Als Sinbad die Erzählung seiner siebenten Reise geschlossen hatte, wandte er sich zu dem Lastträger und fragte ihn: „Nun, mein Freund, ist es nicht billig, daß ich nach so vielen Leiden und Todesgefahren auch meine übrigen Tage ruhig genieße?"

„Ja, ja, gewiß!" antwortete der Lastträger aus vollem Herzen. „Ich muß gestehen, daß ich lieber den Tag über meine Lasten trage und mich mit den Meinigen mit trockenem Brote begnüge, als daß ich nur die Mühseligkeiten ertrüge, die ihr auf e i n e r Reise ertragen habt. Ihr verdient eure Reichtümer, weil ihr so edel denkt und sie so gut anwendet. Genießt sie bis zu eurem Tode, den der liebe Gott noch recht weit hinausrücken möge!"

Sinbad ließ ihm wieder einen Beutel mit hundert Zechinen reichen und riet ihm, sein Lasttragen aufzugeben. Er machte ihn zum Aufseher über eins seiner Landgüter, wo Sinbad mit den Seinigen ein reichliches Auskommen hatte und oft die Geschichten von Sinbads, seines Herrn, Reisen erzählte. So haben sie sich bis auf diesen Tag in jenen Gegenden unter dem Volke erhalten und sind durch Reisende auch bis zu uns herübergekommen.

EXERCISES

Erste Reise

1. Was hinterließen Sinbads Eltern ihm? 2. Was für ein Mann war Sinbads Hausverwalter? 3. Was tat er, als er einsah, daß Sinbad bald darben müßte? 4. Was geschah, als Sinbad und seine Reisegefährten sich auf der Insel ausruhten? 5. Warum konnte Sinbad das Schiff nicht erreichen? 6. Was fragte der Mensch, als er Sinbad erblickte? 7. Wo führte er ihn hin? 8. Erzähle, was König Mihrage sagte, als Sinbad ihn fragte, wer der Degial sei. 9. Beschreibe die Berggipfel der Insel. 10. Was tat der Schiffskapitän, als er Sinbad erkannte?

Zweite Reise

1. An was erinnerte sich Sinbad, nachdem er des ruhigen Lebens überdrüssig ward? 2. Was sahen sie auf der Insel? 3. Wie verhielt sich Sinbad, als er das Schiff davonsegeln sah? 4. Beschreibe, was Sinbad vom Baumgipfel aussah? 5. Was befürchtete Sinbad, als er den großen Vogel auf sich zufliegen sah? 6. Erzähle, was Sinbad tat, um aus dem sehr tiefen Tal herauszukommen. 7. Was erwiderte Sinbad dem Menschen, der ihn einen Dieb schalt? 8. Was behaupteten die Kaufleute, als sie Sinbads Diamanten sahen? 9. Wie groß war das Nashorn? 10. Gegen was vertauschte Sinbad seine Diamanten?

Dritte Reise

1. Von wem war die Insel bewohnt? 2. Was taten die haarigen Wilden, als sie keine Antwort bekamen? 3. Wie weit ging Sinbad mit seinen Gefährten in die Insel hinein? 4. Beschreibe das Wesen, das in den Hof des Palastes trat. 5. Was tat es mit Sinbad? 6. Was war das Mittel, das Sinbad erdachte, um dem Ungeheuer zu entrinnen? 7. Was tat Sinbad mit dem Bratspieß? 8. Wie groß war die Schlange? 9. Was sprach Sinbad, als er erkannte, daß es eine Sünde sei, sich das Leben zu nehmen? 10. Erkannte Sinbad den Kapitän sofort?

Vierte Reise

Wie ertrug Sinbad das müßige Leben? 2. Was wollte der Kapitän tun, als der Sturm entstand? 3. Wie viel aß Sinbad von dem Reis mit Kokosöl? 4. Wie lange ging Sinbad durch Einöden? 5. Erzähle, wie Sinbad Sattel und Zaum verfertigen ließ. 6. War Sinbads Frau schön und edel? 7. Was sah Sinbad seinen Nachbarn tun? 8. Was geschieht mit dem Mann, dem die Frau stirbt? 9. Warum hielt Sinbad sich die Nase zu? 10. Was wurde von dem Schiffe abgeschickt, um Sinbad zu holen?

Fünfte Reise

1. Warum erschien dem Sinbad jede Gefahr nur ein reizendes Abenteuer? 2. Was taten die Kaufleute mit dem jungen Rock? 3. Was rief der Steuermann des Schiffes? 4. Wohin fiel der zweite Fels? 5. Beschreibe den anmutigen Obstgarten. 6. Wie sah der ge-

brechliche Greis aus? 7. Wie weckte der Alte den Sinbad am Morgen? 8. Wie zeigte sich die Wirkung des Weines am Alten? 9. Was taten die zornigen Affen? 10. Was tat Sinbad mit dem Rest seiner Kokosnüsse?

Sechste Reise

1. Was stellten dem Sinbad seine Freunde vor? 2. Was erwartete man von dem Matrosen im Mastkorbe? 3. Wie war die Felsenplatte beschaffen, auf die sie sich retteten? 4. Warum konnte man der Strömung durch Rudern nicht Herr werden? 5. Welcher Gedanke kam dem Sinbad durch göttliche Eingebung? 6. Wo saß Sinbad, als er wieder zum Bewußtsein kam? 7. Wie sprach Sinbad, als er sich vor dem König von Serendib zur Erde warf? 8. Wie heißt sich der König in dem Briefe an Harun Alraschid? 9. Was trug der Großschatzmeister des Königs? 10. Warum findet man keinen Richter im Lande des Königs?

Siebente Reise

1. Wie viel Geld ließ Harun dem Sinbad auszahlen? 2. Wie nannte sich Harun im Briefe an den König von Serendib? 3. Beschreibe die drei Betten, die Sinbad dem König überbrachte. 4. Warum prallten Sinbads Pfeile an den Elefanten ab? 5. Was tat der große Elefant mit dem Baum? 6. Was sah Sinbad, als er wieder zu sich kam? 7. Warum machte der Kaufmann Sinbads Entdeckung nicht gleich bekannt? 8. Wie lange ritt Sinbad auf dem gezähmten Elefanten? 9. Was tat Sinbad, ehe er zum Kalifen ging? 10. Warum glaubte der Kalif Sinbads Geschichte?

Beschluß

1. Wen hatte Sinbad täglich bei sich zu Tische?
2. Was stand ihm zu Gebote? 3. Wer hatte nichts von
Sinbad gehört? 4. Was kitzelte die Nase des Lastträgers? 5. Wie redete Sinbads Diener den Lastträger
an? 6. Beschreibe die Tafel in Sinbads Speisesaal.
7. Beschreibe das Aussehen Sinbads. 8. Was wünschte
Sinbad noch einmal von dem Lastträger zu hören?
9. Wohin ließ Sinbad die Last des Lastträgers bringen?
10. Wer hat uns die Geschichte von Sinbads Reisen
herübergebracht?

Note.—The following exercises are only for pupils who are
  well versed in the essentials of German Grammar. Do
  not let them attempt the exercises until they are thoroughly familiar with the text. Oral work in questions
  and answers after the reading of each chapter is es-
  sential.

Erste Reise

1. The man ate and drank, but did not work. 2. The
man did not work, but ate and drank. 3. My heart
aches because you waste your father's property.
4. If you can swim well, jump into the water.
5. Soon afterward a man came to him and asked
him: "Who are you?" 6. Do you not know that he
is a good man? 7. Such mountains are said to be
very high. 8. I found that they were marked with
my name. 9. He told him that he could prove to
him that he was telling the truth. 10. At last they
came to the town from where they had journeyed.

Zweite Reise

1. I remember many wonderful things. 2. While some plucked flowers, others gathered fruit. 3. At last his despair ceased. 4. He remembered what they had told him. 5. Had I but remained on this island! 6. Soon he saw a large snake. 7. While he was going out, a man approached him. 8. We assured him that we should become rich. 9. One day I witnessed a great battle. 10. Shall we not distribute alms among the poor?

Dritte Reise

1. I am too young to spend my life in repose 2. We do not like to do it. 3. You shall approach it. 4. We are not permitted to take our own lives. 5. At last he found the door and ran out. 6. Scarcely was he gone, when they hoped again. 7. In order that they might not fall, they tied themselves to the branches. 8. They could see it on the ship. 9. I accept your offer with the greatest pleasure. 10. Look at me! I am he whom you left.

Vierte Reise

1. Most of the merchants were drowned. 2. He soon showed that he had become insane. 3. I have worried about it. 4. That is clear to me. 5. You know that I love you very much. 6. We should be happy, if we were not homesick. 7. While they conversed, their friends came. 8. It will have to happen. 9. When he looked around, he saw the sea. 10. Remember the poor.

Fünfte Reise

1. I have escaped all dangers. 2. You will laugh at my anxiety. 3. Would he have been satisfied? 4. The thought that we were alone filled us with terror. 5. He returned my greeting. 6. Tell me what you are doing there. 7. That will please you. 8. I shall buy from you daily what you gather. 9. They are satisfied with our proposition. 10. We must thank him for his friendship.

Sechste Reise

1. Do you know where you are? 2. Everything will be lost. 3. That cannot lessen our sadness. 4. The one died sooner, the other later. 5. We noticed that the cave became narrower. 6. I feel grateful to God that he has saved me. 7. You must take good care not to rob him of his property. 8. Do not deny his prayer. 9. When he had read the letter, we said to him: 10. The king whose palace is adorned with rubies is mighty.

Siebente Reise

1. He was suddenly called to her. 2. I had nothing to do. 3. When he was led before me, I recognized him. 4. At last we met him. 5. "See," he said to himself, "they have noticed it." 6. We know what you have concealed from us. 7. Is not that a proof that God loves us? 8. When he saw the ivory, he embraced him again. 9. You may come daily. 10. I had her called.

Beschluß

1. Everything is at our command. 2. The man had invited him to rest here. 3. Who does not know that I live here? 4. We shall daily suffer want. 5. I excused myself. 6. He has stood behind me. 7. We wished to hear once more what he had called out. 8. Which place did the bearer designate? 9. When he had finished, he turned to me. 10. We must acknowledge that we prefer to bear our burdens.

NOTES

Page 7

5. **könnte...nehmen:** *could never give out.*

6. **in den Tag hinein:** *from hand to mouth, for the moment.*

8. **aufs allerbeste:** *in the very best manner.*

17. **wie... wäre:** *in what a bad condition his affairs were.*

26. **glücklichen Arabiens:** Arabia Felix ('flourishing Arabia'), the southeast and south of Arabia, as distinguished in ancient geography from Arabia Deserta ('uninhabited Arabia'), the northern and central portions, and Arabia Petræa ('stony Arabia'), the northwestern portion.

Page 8

3. **Wakwak:** variously identified with the Zanzibar Islands, with the Sunda Islands, and with Japan.

4. **soll:** *is said to be.*

15. **gleich:** *level with.*

29. **Kraken:** probably a whale.

Page 11

19. **Mihrage:** probably a corruption of *Maharaja*, 'great king,' a common title of Indian potentates.

28. **sind wir:** *we have been.*

Page 12

3. **kommen...wieder:** *shall not return until next year.*

Page 13

3. **erlittenes:** *which he had undergone.*

23. **Degial:** El Dejjal, the chief of the genii in rebellion against Allah.

27. **Mahomed:** Mohammed or Mahomet, the founder of Mohammedanism or Islam, was born at Mecca in Arabia in 570 and died at Medina in 632.

Page 14

2. **Tharsus:** Tarsus, birthplace of the Apostle Paul.

23. **lasse...spassen:** *did not permit himself to be trifled with.*

Page 16

28. heutigen Tages: *nowadays.*

Page 17

4. mir ins Angesicht: *to my face.*
15. auf das herzlichste: *most heartily.*

Page 19

10. das Angenehme: *the pleasant features.*

Page 20

18. Mir...recht: *it serves me quite right.*

Page 21

10. Auf jeden Fall: *at all events.*
20. hin und her sann: *was revolving in his mind.*
24. auf ihn zu: *toward him.*

Page 22

3. Da...Geiste: *then it suddenly became clear to Sinbad.*
4. schon längst: *long before.*
8. worden = geworden.
8. alle neun Jahre: *every nine years.*
9. des Nachts: notice that this adverbial genitive takes the masculine ending although Nacht is feminine.

Page 24

21. den Tag über: *during the daytime.*
28. zum Schlafen...nicht: *there was no sleep for him.*

Page 27

2. in der Nähe: *near by.*

Page 28

13. mit...Prozeß: *we make short work of thieves.*

Page 29

5. Nun gut: *well then!*

Page 30

19. die Nacht über: *over night.*

Page 31

4. werde zu: *turns into.*
9. daß...kam: *so that it got its head under the elephant.*

Page 34

15. herangeschwommen: render by the present participle.

Page 35

23. das: demonstrative: render by the relative.

Page 37

13. der Reihe nach: *one after the other.*
27. sich...schmecken ließ: *was enjoying it.*

Page 38

3. glaubte: *might have imagined.*
15. fürchten mußte: *could not help fearing.*

Page 39

1. nur: *at any cost.*
6. aus dem Wege räumen: *to get rid of.*
7. an diesen wagen: *dare to attack him.*
10. Für den Fall: *in case.*

Page 44

8. im Herunterfallen: *as he fell.*
20. bei sich: *to himself.*

Page 45

16. war...mächtig: *was no longer master of.*
21. aus Leibeskräften: *with all his strength.*

Page 46

6. Salahat: probably Timor, an island of the Malay Archipelago.

Page 47

3. gab...Antwort: *was the latter's answer.*

Page 49

8. Es drängte ihn: *he felt an urging.*
16. festen Lande: *mainland.*

Page 50

27. soviel in sie hineinging: *as much as they could hold.*

Page 51

3. um: *after.*
25. sieben Tage lang: *for seven days.*

Page 54

18. über kurz oder lang: *sooner or later.*

Page 55

2. gehörte: *was one of.*

Page 56

11. eins, das andere: neuter, because referring equally to two nouns of different gender.
17. Hungertodes: adverbial genitive.

Page 57

29. versteht sich von selbst: *is a matter of course.*

Page 60

15. schnob es ihn an: *something snorted at him.*

Page 62

16. Ob…nicht: *shall all this remain…or not?*
17. fragen…nach: *have no further concern in.*

Page 66

2. wurden…Mutes: *recovered their spirits.*

Page 69

5. griff in die Höhe: *stretched up.*
5. fuhr…Munde: *passed it toward his mouth.*

Page 70

5. was…geben? *what do you mean by that?*

Page 71

9. Sinbad (dat.)…verging: *Sinbad lost all desire.*

Page 72

19. immer noch einmal: *again and again.*

Page 73

3. ihm zu Willen sein: *to do his will.*
10. daß…blieb: *that he lost control of himself.*

Page 74

5. am Leben geblieben sind: *have escaped with your life.*
8. Meergreis: generally identified with one of the huge apes of Borneo or Sumatra.
17. erzählen lassen: *heard.*

Page 75

5. indem…nachging: *each one going about his business.*

Page 76

17. mit gefletschten Zähnen: *showing their teeth, grinning.*

Page 77

17. Komorin: the southern extremity of India.

Page 80

5. Was gibt's? *what is wrong?*

Page 83

24. Er ließ…bewenden: *he did not rest content with the mere thought.*

Page 87

23. **Ich...hüten:** *I shall take good care.*

Page 89

21. **damit Gott befohlen:** *now I commend you to God.*
25. **wie sie:** *such as.*

Page 90

11. **Beherrscher der Gläubigen:** a title still borne by the Sultan of Turkey as religious head of the nation.

Page 91

27. **der...stirbt:** i. e., God.

Page 92

8. **wenn ja:** *if it should happen that.*

Page 95

10. **Pforte:** by ancient Oriental custom the gates of cities or of kings' palaces were made assembly places for the administration of justice and affairs of government. The term then came to mean the government itself, as the Sublime Porte, the Turkish government.
12. **so:** *if.*
20. **Kufa:** a city near Bagdad, the reputed burial-place of Adam, and once the residence of the Caliphs.
25. **halb erhabener Arbeit:** *semi-relief,* in which the figures are fully rounded but are not detached from the background.

Page 102

27. **Mousson:** now **Monsun:** a periodical trade wind.

Page 108

7. **sollte...hören:** *is it possible that Sinbad heard what you said?*

Page 111

12. **den Tag über:** *all day long.*

VOCABULARY

ABBREVIATIONS

acc. = accusative
adj. = adjective
adv. = adverb
art. = article
comp. = comparative
conj. = conjunction
dat. = dative
def. = definite
dem. = demonstrative
f. = feminine
gen. = genitive
h. = haben
i. = intransitive
imperat. = imperative
impers. = impersonal
indecl. = indeclinable
indef. = indefinite

inf. = infinitive
interj. = interjection
interrog. = interrogative
m. = masculine
n. = neuter
num. = numeral
pers. = personal
pl. = plural
poss. = possessive
prep. = preposition
pres. = present
pron. = pronoun
refl. = reflexive
rel. = relative
superl. = superlative
t. = transitive
w. = with.

Verbs conjugated with the auxiliary ſein are indicated by ſ.

A

ab, *adv.*, off, away.
Abend, –8, –e, *m.*, evening.
Abendland, –es, ⁛er, *n.*, western country, Europe.
Abenteuer, –8, –, *n.*, adventure.
aber, *conj.*, but, however.
abermals, *adv.*, again.
ab'=fahren, u, a, *i.*, ſ., sail away.

ab'=fallen, fiel, a, *i.*, ſ., fall down.
abfuhr, *see* **abfahren**.
ab'=gehen, ging, gegangen, *i.*, ſ., depart, leave.
abhängig, *adj.*, dependent.
ab'=härten, *t.*, inure, harden.
ab'=kaufen, *t.*, buy from.
ab'=lassen, ließ, a, *i.*, desist, stop, let go.
ab'=nehmen, a, genommen, *t.*, decrease, be failing.

ab'=pflücken, *t.*, pluck.
ab'=prallen, *i.*, f., rebound.
ab'=reisen, *i.*, f., depart, set out, start.
ab'=reißen, i, geriffen, *t.*, tear off.
abscheu'lich, *adj. and adv.*, horrible, horribly.
ab'=schicken, *t.*, send away.
Abschied, –ß, –e, *m.*, leave.
ab'=schrecken, *t.*, deter, be frightened.
ab'=schütteln, *t.*, shake off, cast off.
ab'=segeln, *i.*, f., sail away.
ab'=setzen, *i.*, stop.
ab'=steigen, ie, ie, *i.*, f., dismount.
abstieg, *see* **absteigen**.
ab'=werfen, a, o, *t.*, throw off.
ab'=zapfen, *t.*, draw off, tap.
ab'=zehren, *t.*, waste; *i.*, waste away.
ach, *interj.*, alas.
Acht, –, *f.*, regard; **in acht nehmen**, observe, be mindful of.
achte, *adj.*, eighth.
achten, *t.*, regard, care about.
Achtung, –, *f.*, respect, care, attention.
Adler, –ß, –, *m.*, eagle.
Affe, –n, –n, *m.*, monkey.
Alexandria, –ß, *n.*, a city in Egypt.
all, *adj.*, all, each, every; **—es**, all, everything.
allein', *adj.*, alone; *adv.*, only; *conj.*, however, but.

allenthal'ben, *adv.*, everywhere.
allerbest, *adj.*, best of all, very best.
allerlei, *adj.*, all kinds of.
allezumal, *adv.*, all at once.
allgemein, *adj.*, universal.
allmäch'tig, *adj.*, all-powerful, almighty.
allmäh'lich, *adv.*, gradually, little by little.
allzu, *adv.*, far too.
Almosen, –ß, –, *n.*, alms.
Aloe, –, –n, *f.*, aloe.
Alraschid, –ß, *m.*, Harun-al-Rashid, Caliph of Bagdad, 786-809.
als, *conj.*, as, than, like, when; **nichts —**, nothing but.
alsbald', *adv.*, in due time; soon.
alsbann', *adv.*, then.
also, *adv.*, thus, therefore.
alt, *adj.*, old.
Alte, –n, –n, *m.*, old one, old man.
Alter, –ß, *n.*, old age.
am = **an dem**.
Ambra, –ß, –ß, *m.*, amber.
an, *prep. w. dat. and acc.*, on, upon, to, at, by, against; in, of.
an'=befehlen, a, o, *t.*, admonish.
an'=bieten, o, o, *t.*, offer.
an'=binden, a, u, *t.*, tie, fasten.
Anblick, –ß, –e, *m.*, sight, look.

an'=bohren, *t.*, bore.
anbrach, *see* anbrechen.
an'=brechen, a, o, i., f., dawn, break.
an'=bringen, brachte, gebracht, *t.*, bring in, use; sell.
Anbruch, –s, "e, *m.*, break of day.
Andenken, –s, –, *n.*, memory, recollection.
ander, *adj.*, other, next, following, some.
ändern, *t.*, change.
Anerbieten, –s, –, *n.*, offer.
an'=fahren, u, a, i., f., arrive at, stop at.
an'=fallen, fiel, a, *t.*, attack.
Anfang, –s, "e, *m.*, beginning, commencement.
an'=fangen, i, a, *t. and i.*, begin, commence.
anfänglich, *adv.*, in the beginning.
anfangs, *adv.*, at first, in the beginning.
anfing, *see* anfangen.
an'=fühlen, *t.*, feel, touch.
angebunden, *see* anbinden.
angegriffen, *see* angreifen.
Angelegenheit, –, –en, *f.*, affair, matter.
angenehm, *adj.*, agreeable.
angesehen, *adj.*, distinguished.
Angesehnste(n), *pl.*, most distinguished persons.
Angesicht, –s, –er, *n.*, face.

an'=greifen, griff, gegriffen, *t.*, attack.
Angst, –, "e, *f.*, fear.
ängstlich, *adj. and adv.*, alarmed, anxious(ly).
Ängstlichkeit, –, –en, *f.*, alarm, anxiety.
an'=hören, *t.*, listen to.
Anker, –s, –, *m.*, anchor; — werfen, drop anchor; vor — legen, anchor.
ankern, *i.*, anchor.
Ankertau, –es, –e, *n.*, anchor rope, cable.
an'=klammern, *refl.*, cling.
an'=kommen, kam, o, i., f., arrive.
Ankunft, –, *f.*, arrival.
an'=lachen, *t.*, smile at, smile upon.
an'=legen, *t.*, lay out.
Anleitung, –, –en, *f.*, guidance, instruction.
anmutig, *adj.*, pleasant.
annahm, *see* annehmen.
an'=nehmen, a, genommen, *t.*, accept; *refl., w. gen.*, take care of.
Annehmlichkeit, –, –en, *f.*, pleasure, charm.
Anrede, –, –en, *f.*, address.
an'=reden, *t.*, address.
an'=rufen, ie, u, *t.*, invoke.
ans = an das.
an'=sagen, *t.*, bring word.
Anschlag, –s, "e, *m.*, plot.
an'=schließen, o, o, *refl.*, join, border on.
anschloß, *see* anschließen.

an'-ſchnauben, o, o, *or weak*,
i., snort at.
an'-ſehen, a, e, *t.*, look at,
consider.
Anſehen, –s, *n.*, appearance,
esteem.
anſehnlich, *adj.*, considerable,
handsome.
an'-ſetzen, *t.*, put to one's
lips.
Anſpruch, –s, ᵉe, *m.*, claim;
— machen auf, claim.
Anſtalt, –, –en, *f.*, prepara-
tion.
anſtändig, *adj. and adv.*, de-
cent(ly), well.
an'-ſtimmen, *t.*, strike up (a
song).
an'-ſtoßen, ie, o, i., knock
against.
Anſtrengung, –, –en, *f.*, ex-
ertion.
an'-treffen, traf, o, *t.*, meet.
Antrieb, –s, –e, *m.*, inclination.
Antwort, –, –en, *f.*, answer,
reply.
antworten, *t. and i., w. dat.*,
answer, reply.
Anverwandte, –n, –n, *m. and
f.*, relative.
an'-weiſen, ie, ie, *t.*, assign,
show (to a seat).
an'-wenden, wandte, ge-
wandt, *t.*, use, spend
(time).
Anzahl, –, *f.*, number.
an'-zünden, *t.*, light, kindle.
Ara'bien, –s, *n.*, Arabia.

ara'biſch, *adj.*, Arabic.
Arbeit, –, –en, *f.*, work, la-
bor.
arbeiten, *t. and i.*, work,
fashion, polish.
Arbeiter, –s, –, *m.*, workman.
arm, *adj.*, poor.
Arm, –s, –e, *m.*, arm.
Armband, –s, ᵉer, *n.*, brace-
let.
Arme, –n, –n, *m.*, poor
(man).
Armut, –, *f.*, poverty.
Art, –, –en, *f.*, manner,
fashion, kind, sort.
Arz(e)nei, –, –en, *f.*, medi-
cine.
Aſche, –, *f.*, ashes.
äß, aßen, *see* eſſen.
Aſt, –es, ᵉe, *m.*, branch.
Atem, –s, *m.*, breath.
atmen, i., breathe; friſch —,
breathe anew, be revived.
auch, *conj.*, also, likewise,
too, even.
auf, *prep. w. dat. and acc.*,
on, upon, at, in, for, to;
— und ab, up and down;
— … zu, toward.
auf'-bewahren, *t.*, keep, preserve.
auf'-binden, a, u, *t.*, tie on,
tie up.
auf'-brechen, a, o, *t.*, break
open.
Aufenthalt, –s, –e, *m.*, stay,
sojourn, abode.
Aufenthaltsort, –es, –e, *m.*,
abode, retreat.

auf'=fahren, u, a, i., f., fly open; start up.

auf'=fangen, i, a, t., catch, rescue.

auf'=fordern, t., demand.

auf'=fressen, a, e, t., devour.

Aufgang, –s, "e, m., rising.

auf'=geben, a, e, tr., give up.

auf'=gehen, ging, gegangen, i., f., rise.

aufgenommen, see aufneh= men.

aufgestanden, see aufstehen.

aufgeweckt, adj., lively.

aufging, see aufgehen.

auf'=halten, ie, a, t., keep away.

auf'=heben, o, o, t., lift up.

auf'=hören, i., stop.

auf'=liegen, a, e, i., lie upon, rest on, lean on.

auf'=machen, refl., get up, prepare, get ready, set out.

aufmerksam, adj. and adv., attentive(ly).

Aufmerksamkeit, –, –en, f., attention.

auf'=nehmen, a, genommen, t., receive, take on board; accept.

aufrecht,' adj., erect.

auf'=regen, t., waken, incite.

auf'=reißen, i, i, t., open, fling open.

auf'=richten, t., raise, set up, erect; refl., rise, get up.

aufs = auf das.

auf'=schlagen, u, a, t., erect.

Aufseher, –s, –, m., stew- ard.

auf'=sitzen, saß, gesessen, t., mount.

auf'=spannen, t., unfurl.

auf'=sperren, t., open wide.

auf'=springen, a, u, i., f., jump up.

aufstand, see aufstehen.

auf'=stehen, stand, gestanden, i., f., rise, stand firmly; get up.

auf'=stoßen, ie, o, i., f., occur, come in one's way.

auf'=suchen, t., seek out.

auf'=tragen, u, a, t., charge, commission.

Aufwand, –es, "e, m., dis- play (of wealth).

Aufwärter, –s, –, m., waiter.

Aufwartung, –, –en, f., wait- ing; seine — machen, pay one's respects.

auf'=wecken, t., awaken.

auf'=zehren, t., use up, con- sume.

auf'=zeichnen, t., write down, record.

Auge, –s, –n, n., eye.

Augenblick, –es, –e, m., mo- ment.

augenscheinlich, adj., self-evi- dent, imminent.

aus, prep. w. dat., out of, from, with.

aus'=bleiben, ie, ie, i., f., fail to appear.

aus'=breiten, t., spread.

aus'=brüten, *t.*, hatch.

auseinander, *adv.*, apart, open.

auseinan'der=gehen, ging, gegangen, *i.*, *f.*, fall apart.

auseinan'der=sperren, *t.*, separate.

aus'=fahren, u, a, *i.*, *f.*, start.

aus'=fliegen, o, o, *i.*, *f.*, fly out.

aus'=fließen, o, o, *i.*, *f.*, flow out, issue.

ausfloß, *see* ausfließen.

Ausfluß, –es, ⸗e, *m.*, discharge, flowing out.

ausführlich, *adj.*, detailed; *adv.*, in detail.

Ausgang, –es, ⸗e, *m.*, exit, passage out; result.

ausgeflossen, *see* ausfließen.

aus'=gehen, ging, gegangen, *i.*, *f.*, go out.

ausgesetzt, *adj.*, exposed.

ausgesprochen, *see* aussprechen.

ausgestreckt, *adj.*, outstretched.

ausgesucht, *adj.*, choice, exquisite.

Auskommen, –s, *n.*, competence.

aus'=laden, u, a, *t.*, unload.

aus'=leeren, *t.*, empty.

auslud, *see* ausladen.

aus'=machen, *t.*, make up, fill.

aus'=polstern, *t.*, pad.

Ausrede, –, –n, *f.*, excuse, pretext.

aus'=reiten, ritt, geritten, *i.*, *f.*, ride out.

ausrief, *see* ausrufen.

Ausruf, –s, –e, *m.*, outcry.

aus'=rufen, ie, u, *t. and i.*, call out, exclaim.

aus'=ruhen, *i.*, rest.

aus'=rüsten, *t.*, equip, fit out.

aus'=schwenken, *t.*, rinse out.

aus'=sehen, a, e, *i.*, look, appear.

Aussehen, –s, *n.*, appearance.

außen, *adv.*, outside.

außer, *prep. w. dat.*, besides.

äußerlich, *adj. and adv.*, outward(ly), external(ly).

äußerst, *adv.*, extremely.

aus'=setzen, *t.*, expose.

Aussicht, –, –en, *f.*, prospect.

aussprach, *see* aussprechen.

aus'=sprechen, a, o, *t.*, express, tell, utter.

aus'=stehen, stand, gestanden, *t.*, endure.

aus'=steigen, ie, ie, *i.*, *f.*, alight, land, disembark.

aus'=strecken, *t.*, extend, stretch out.

aus'=suchen, *t.*, seek, look for.

aus'=tauschen, *t.*, exchange.

aus'=teilen, *t.*, distribute, divide.

aus'=wählen, *t.*, pick out, choose.

aus'=weichen, i, i, *i.*, *f.*, turn aside.

aus'=zahlen, *t.*, pay over.

aus'=ziehen, zog, gezogen, *t.*, take off, unclothe.

B

Bach, –es, ⸗e, *m.*, brook.

Backen, –s, –, *m.*, cheek.

Bagdad, –s, *n.*, a city in Arabia.

Bahn, –, –en, *f.*, course.

bald, *adv.*, soon; — ..., — ..., now ..., now ..., sometimes ..., sometimes ....

baldig, *adj.*, early.

Ballen, –s, –, *m.*, bale.

Balsora, –s, *n.*, an important city near the Persian Gulf, now Basra or Bassora.

band, *see* **binden**.

band an, *see* **anbinden**.

band fest, *see* **festbinden**.

band los, *see* **losbinden**.

band zusammen, *see* **zusammenbinden**.

bang, *adj. and adv.*, anxious(ly), fearful.

bar, *adj.*, ready; —es Geld, ready money, cash.

Bart, –es, ⸗e, *m.*, beard.

bat, *see* **bitten**.

Bauch, –es, ⸗e, *m.*, belly, stomach.

bauen, *t.*, build.

Baum, –es, ⸗e, *m.*, tree.

Baumwurzel, –, –n, *f.*, tree root.

Becken, –s, –, *n.*, basin.

bedachte, *see* **bedenken**.

bedauern, *t.*, be sorry for.

bedecken, *t.*, cover, bedeck with.

Bedeckung, –, –en, *f.*, covering.

bedenken, bedachte, bedacht, *t.*, consider, reflect on; remember.

bedenklich, *adj. and adv.*, doubtful(ly), suspicious, dangerous.

bedeuten, *t.*, signify, mean.

bedeutend, *adj.*, significant, important, considerable.

Bedienung, –, *f.*, service, attendance.

bedürfen, bedurfte, bedurft, *i. w. gen., or t.*, need, require.

Bedürfnis, –ses, –se, *n.*, need, necessity, want.

beendigen, *t.*, finish, wind up.

befahl, *see* **befehlen**.

befand, *see* **befinden**.

Befehl, –s, –e, *m.*, command.

befehlen, a, o, *t.*, command, commend; Gott befohlen! farewell!

befinden, a, u, *refl.*, find one's self, be.

befreien, *t.*, free, liberate.

befühlen, *t.*, feel, touch.

begann, *see* **beginnen**.

Begebenheit, –, –en, *f.*, happening, adventure.

begehren, *t.*, demand.

Begierde, –, –n, *f.*, eager desire, greed.

beginnen, a, o, *t.*, begin, commence.

begleiten, *t.*, accompany.

Begleiter, –8, –, *m.,* companion.

begnügen, *refl.,* be satisfied.

begraben, u, a, *t.,* bury.

Begräbnis, –fes, –fe, *n.,* burial, funeral.

Begräbnishügel, –8, –, *m.,* burial mound.

Begräbnisort, –(e)8, ˮer, *m.,* burial place.

Begräbnisplatz, –e8, ˮe, *n.,* burial place.

begreiflich, *adj.,* comprehensible.

begrenzen, *t.,* bound.

begruben, *see* **begraben.**

begrüßen, *t.,* salute.

begucken, *t.,* gaze at.

begünstigen, *t.,* favor.

behagen, *i., w. dat.,* suit, please.

behaglich, *adj.,* comfortable; *adv.,* comfortably.

behandeln, *t.,* treat.

behängen, behing, behangen, *t.,* cover with.

behaupten, *t.,* maintain, assert.

behend', *adj.,* nimble.

Beherrscher, –8, –, *m.,* ruler, commander.

bei, *prep. w. dat.,* at, to, by, with; — fich, to himself.

beide, *adj.,* both.

Beil, –e8, –e, *n.,* hatchet.

beim = **bei dem.**

Bein, –8, –e, *n.,* leg.

beinahe, *adv.,* almost.

beisammen, *adv.,* together.

beisam'men-sitzen, faß, gefessen, *i.,* sit together.

beiseite, *adv.,* aside.

Beispiel, –8, –e, *n.,* example, instance.

beißen, i, i, *t.,* bite.

bei'-steuern, *t.,* contribute.

Bekanntschaft, –, –en, *f.,* acquaintance.

Bekenner, –8, –, *m.,* confessor, follower, professor (of a religion).

bekleiden, *t.,* dress.

bekommen, bekam, o, *t.,* get, receive.

beladen, u, a, *t.,* load, burden.

belasten, *t.,* load.

belehren, *t.,* instruct, teach; *refl.,* learn.

belieben, *impers.,* please.

beliebt, *adj.,* liked, a favorite with.

belohnen, *t.,* reward.

Belohnung, –, –en, *f.,* reward.

belud, *see* **beladen.**

bemerken, *t.,* notice.

benahm, *see* **benehmen.**

benehmen, a, benommen, *t.,* take away.

benutzen, *t.,* make use of, take advantage of.

beobachten, *t.,* observe, examine, inspect.

bequem', *adj.,* comfortable, convenient; *adv.,* comfortably.

bereit, *adj.,* ready, willing.

Berg, –es, –e, *m.,* mountain.

Berggipfel, –s, –, *m.,* mountain top.

berichten, *t.,* inform.

beruhigen, *t.,* calm, pacify.

berühren, *t.,* touch, touch at.

besann, *see* **besinnen.**

besaß, *see* **besitzen.**

beschäftigen, *refl.,* occupy one's self, be busy.

beschenken, *t.,* present with; **reichlich** —, load with gifts, endow richly.

beschlagen, u, a, *t.,* mount; cover.

beschließen, o, o, *t.,* resolve, decide.

beschloß, *see* **beschließen.**

beschlug, *see* **beschlagen.**

Beschluß, –es, "e, *m.,* conclusion.

beschreiben, ie, ie, *t.,* describe.

beschrieb, *see* **beschreiben.**

Beschwerlichkeit, –, –en, *f.,* hardship.

besehen, a, e, *t.,* view, inspect.

besetzen, *t.,* set with, stud.

besinnen, a, o, *refl.,* reflect, think.

Besinnung, –, *f.,* consciousness, senses.

besinnungslos, *adj.,* unconscious.

Besitz, –es, –tümer, *m.,* possession.

besitzen, besaß, besessen, *t.,* possess.

besonder, *adj.,* special.

besonders, *adv.,* specially.

Besorgung, –, –en, *f.,* management, care.

besprengen, *t.,* sprinkle.

besser, *adj. and adv.,* better.

bestand, *see* **bestehen.**

beständig, *adj.,* continual.

bestehen, bestand, bestanden, *i.,* consist (of, aus); *t.,* pass through (dangers).

besteigen, ie, ie, *t.,* board (a vessel); mount (a horse).

bestellen, *t.,* deliver, arrange.

bestieg, *see* **besteigen.**

bestimmen, *t.,* destine, intend for, appoint.

bestreiten, bestritt, bestritten, *t.,* dispute; **Kosten** —, defray expenses, pay.

bestürzt, *adj.,* alarmed, amazed, disconcerted.

Bestürzung, –, *f.,* alarm.

Besuch, –es, –e, *m.,* visit.

besuchen, *t.,* visit, frequent.

betasten, *t.,* feel, handle.

betäubt, *adj.,* stunned, stupefied.

Betäubung, –, –en, *f.,* insensibility, stupefaction.

beten, *t. and i.,* pray.

betrachten, *t.,* look at, examine.

beträchtlich, *adj.,* considerable, important.

Betrübnis, –, –se, *f.,* sadness.

betrübt, *adj.,* saddened, sad.

Bett, –es, –en, *n.,* bed.

beurlauben, *t.,* give permission to withdraw; **sich** — **bei,** take leave of.

Beute, –, *f.*, booty.

Beutel, –s, –, *m.*, purse, bag.

bewachsen, *adj.*, overgrown.

bewaffnet, *adj.*, armed.

bewahren, *t.*, preserve, guard.

Bewegung, –, –en, *f.*, motion, movement.

Beweis, –es, –e, *m.*, proof.

beweisen, ie, ie, *tr.*, prove.

bewenden, *i.* (*only inf.*), — lassen, let (a matter) rest.

bewilligen, *t.*, permit.

bewillkommen, *t.*, welcome.

bewirten, *t.*, entertain.

bewohnen, *t.*, inhabit.

Bewohner, –s, –, *m.*, inhabitant.

bewohnt, *adj.*, inhabited.

bewundern, *t.*, admire.

bewunderungswürdig, *adj.*, admirable.

bewußt, *adj.*, conscious.

Bewußtlosigkeit, –, *f.*, unconsciousness.

Bewußtsein, –s, *n.*, consciousness.

bezahlen, *t.*, pay.

bezeichnen, *t.*, mark, designate, point out.

bezeigen, *t.*, show.

bezeugen, *t.*, prove, show.

bilden, *t.*, form, carve.

billig, *adj.*, just, reasonable, moderate, cheap.

binden, a, u, *t.*, bind, tie.

bis, *prep. and conj.*, till, until, to.

bisher', *adv.*, until now.

bisweilen, *adv.*, from time to time.

Bitte, –, –n, *f.*, prayer, request.

bitten, bat, gebeten, *t.*, ask, beg.

bitter, *adj.*, bitter.

blähen, *t.*, inflate, fill (sails).

blasen, ie, a, *t. and i.*, blow.

Blatt, –es, ⸚er, *n.*, leaf.

blau, *adj.*, blue.

bleiben, ie, ie, *i., s.*, remain.

blenden, *t.*, blind.

Blick, –es, –e, *m.*, gaze, vision, sight.

blicken, *i.*, look; — lassen, show.

Blicken, –s, *n.*, gaze.

blieb, *see* **bleiben.**

blieb über, *see* **überbleiben.**

blies, *see* **blasen.**

Blindheit, –, *f.*, blindness.

Blitzesschnelle, –, *f.*, lightning speed.

blitzschnell, *adj. and adv.*, swift as lightning.

bloß, *adj.*, mere, bare.

blühen, *i.*, be flourishing.

Blume, –, –n, *f.*, flower.

blumig, *adj.*, flowery.

Blut, –es, *n.*, blood.

blutig, *adj.*, bloody.

Boden, –s, ⸚, *m.*, soil, ground, bottom.

bodenlos, *adj.*, bottomless, fathomless.

Bogen, –s, ⸚, *m.*, bow.

Bord, –es, –e, *m.*, board, shipboard.

böß, *adj.*, bad, evil.
Bösewicht, –s, –e, *m.*, malefactor.
bot an, *see* anbieten.
brach, *see* brechen.
brach auf, *see* aufbrechen.
brachte, *see* bringen.
brachte dar, *see* darbringen.
brachte hin, *see* hinbringen.
brachte zu, *see* zubringen.
brachte zurück, *see* zurückbringen.
branden, *i.*, break, surge.
braten, ie, a, *t.*, roast.
Bratspieß, –es, –e, *m.*, spit.
brauchen, *t.*, need.
brechen, a, o, *t.*, break, tear off.
breit, *adj.*, broad, wide.
Breite, –, –n, *f.*, breadth, width.
brennen, brannte, gebrannt, *t.*, burn.
Brief, –es, –e, *m.*, letter.
bringen, brachte, gebracht, *t.*, bring, take, carry; ums Leben —, kill; sich ums Leben —, commit suicide.
Brot, –es, –e, *n.*, bread, loaf.
Brötchen, –s, –, *n.*, small loaf, roll.
Bruder, –s, ", *m.*, brother.
Bruderbitte, –, –n, *f.*, brother's request.
Brust, –, "e, *f.*, breast, chest.
brüten, *i.*, brood, sit (on eggs).
Buchstabe, –n, –n, *m.*, letter (of alphabet).

bücken, *refl.*, bend low.
Büffelochs, –en, –en, *m.*, buffalo.
Bursche, –n, –n, *m.*, fellow.

C

Chalzedon', –s, *m.*, chalcedony, white agate.

D

da, *adv.*, there, then, here; *conj.*, as, because; where, when.
dabei', *adv.*, during that time, thereat, near.
Dach, –es, "er, *n.*, roof.
dachte, *see* denken.
dadurch', *adv.*, through it.
dafür', *adv.*, for it, for that.
dagegen, *adv.*, against it, to it; in exchange, in reply, in return.
dage'gen=fragen, *t.*, reply.
daherkäme, *see* daherkommen.
daher'=kommen, kam, o, *i.*, *s.*, come hither.
dahin'=bringen, brachte, gebracht, *t.*, bring there.
dahingebracht, *see* dahinbringen.
dahin'=treiben, ie, ie, *t.*, carry thither.
da'=liegen, a, e, *i.*, *s.*, lie there.
damalig, *adj.*, of that time.

damals, *adv.*, then.
Dame, –, –n, *f.*, lady.
damit', *adv.*, with it; da'mit, *conj.*, in order that.
dämmern, *i.*, dawn.
Dank, –es, *m.*, thanks.
dankbar, *adj.*, grateful.
Dankbarkeit, –, *f.*, gratitude.
danken, *i.*, *w. dat.*, thank.
dann, *adv.*, then.
dannen, *adv.*, von —, away.
daran', *adv.*, thereon, on it, against it.
daran'-machen, *refl.*, set about doing a thing.
darauf', *adv.*, on it, of it, toward it; afterwards.
darauf'-gehen, ging, gegangen, *i.*, *f.*, approach.
daraus', *adv.*, therefrom, from it.
darben, *i.*, suffer want, be in want.
dar'-bringen, brachte, gebracht, *t.*, present, offer.
darf, *see* dürfen.
darinnen, *adv.*, in it; within, inside.
darnach', *adv.*, toward it, for it.
darüber, *adv.*, over it, at it, of it.
darum, *adv.*, therefore.
daselbst', *adv.*, there, from there.
daß, *conj.*, that, so that.
dastand, *see* dastehen.
da'-stehen, stand, gestanden, *i.*, *f.*, stand there.

dauern, *i.*, last.
davon, *adv.*, of it, by it, of them, from it; away.
davon'-fliegen, o, o, *i.*, *f.*, fly off, fly away.
davon'-laufen, ie, au, *i.*, *f.*, run away.
davonrannte, *see* davonrennen.
davon'-rennen, rannte, gerannt, *i.*, *f.*, run away from.
davon'-rollen, *i.*, *f.*, crawl away, creep off.
dazu', *adv.*, to that, for that.
Decke, –, –n, *f.*, ceiling, roof.
Deckel, –s, –, *m.*, cover.
Degial, –s, *m.*, an evil spirit.
dehnen, *t.*, stretch.
dein, *poss. adj.*, thy, your; *pron.*; thine, yours.
deinetwegen (= wegen dir), *adv.*, on your account.
denken, dachte, gedacht, *t. and i.*, think.
denn, *conj.*, then, because, for.
dennoch, *adv.*, in spite of it.
der, die, das, *def. art.*, the; *dem. pron.*, he, she, it; *rel. pron.*, who, which, that.
dergleichen, *indecl. adj.* (things) of such kind.
der–, die–, dasjenige, –n, –n, *dem. adj. and pron.*, that, the, he, the man (*before a rel.*).
der–, die–, dasselbe, *dem. adj. and pron.*, the same; he, she, it.

deshalb, *adv.*, on that account.

desto, *adv.*, so much the (*with comp.*). [son.

deswegen, *adv.*, for this rea-

deuten, *t. and i.*, point, make a sign.

deutlich, *adj. and adv.*, explicit, plain(ly), distinct, clear(ly).

dgl. = dergleichen.

Diamant', –en, –en, *m.*, diamond.

Diamantental, –es, ˮer, *n.*, diamond valley.

Diamantring, –es, –e, *m.*, diamond ring.

dicht, *adj. and adv.*, close, dense.

dick, *adj.*, stout, thick.

Dieb, –es, –e, *m.*, thief.

dienen, *i., w. dat.*, serve.

Diener, –s, –, *m.*, servant, attendant.

Dienst, –es, –e, *m.*, service; zu —en stehen, to be in one's service.

dies, –er, –e, –es, *dem. adj.*, this; *pron.*, this, that, the latter.

diesmal, *adv.*, this time, now.

Ding, –es, –e, *n.*, thing.

doch, *adv.*, yet, still, for all that; I suppose; *conj.*, but, however.

Donner, –s, –, *m.*, thunder.

donnern, *i.*, thunder.

Dorn, –s, –en *or* ˮer, *m.*, thorn.

Dornenbündel, Dornenbü-schel, –s, –, *m.*, bundle of thorns.

Dornengehäuse, –s, –, *n.*, shell, covering of thorns.

dornig, *adj.*, thorny.

dort, *adv.*, there.

dorther, *adv.*, hither.

dorthin, *adv.*, thither.

Drache, –n, –n, *m.*, dragon; termagant.

drängen, *t.*, press, urge.

drang herauf, *see* herauf-bringen.

drang hinein, *see* hineinbrin-gen.

drei, *num.*, three.

dringend, *adj.*, urgent.

drinnen = darinnen.

dritt, *adj.*, third.

drüben, *adv.*, over there.

Druck, –es, –e, *m.*, pressure.

drücken, *t.*, press.

drunten (*for* darunten), *adv.*, down there, down below.

du, *pers. pron.*, thou, you.

dumpf, *adj.*, hollow, dull, gloomy.

dunkel, *adj.*, dark.

Dunkelheit, –, *f.*, darkness.

dünken, *i.*, seem.

dünn, *adj.*, thin.

durch, *prep. w. acc.*, through, by.

durchaus, *adv.*, completely, thoroughly; — nichts, nothing whatever.

durch'-gehen, ging, gegangen, *i., f.*, run away.

durch'=laufen, ie, au, i., f., run through.

durch'=segeln, i., f., sail through.

durch'=streifen, t., roam over.

durch'=wachen, t., watch through, pass waking.

durch'ziehen, zog, zogen, t., travel through.

durchzog, see durchziehen.

dürfen, darf, durfte, gedurft, i., be permitted, may, venture, be at liberty, have the power, must.

dürr, adj., lean, thin.

Durst, -es, m., thirst.

E

eben, adv., at this moment, just.

Ebene, -, -n, f., plain.

Ebenholz, -es, n., ebony.

ebenso, adv., likewise, just as.

edel, adj. and adv., noble, nobly, highborn.

Edelstein, -es, -e, m., precious stone.

ehe, conj., before.

Eheleute, -, pl., married people.

Ehre, -, -n, f., honor; in —n, honorably.

ehrenvoll, adj., honorable.

Ehrerbietung, -, -en, f., respect.

ehrlich, adj., honest.

ehrwürdig, adj., venerable.

Ei, -es, -er, n., egg.

ei! interj., what! the idea!

Eiche, -, -n, f., oak.

eigen, adj., own.

Eigenschaft, -, -en, f., quality.

eigentlich, adv., really, anyway.

Eigentum, -s, ″er, n., property.

Eile, -, f., haste, speed.

eilen, i., f. and h., hasten.

eilends, adv., hastily, quickly.

ein, eine, ein, indef. art., a, an; num., one.

einander, adv., each other, one another.

einäugig, adj., one-eyed.

einer, eine, eines, indef. pron., one (person), one thing.

Einerlei, -s, n., monotony.

ein'=fahren, u, a, i., f., enter (port), sail in.

ein'=fallen, fiel, a, i., f., w. dat., occur; wieder —, remember.

Eingang, -s, ″e, m., entrance.

Eingebung, -, -en, f., inspiration.

eingedorrt, adj., dried up.

eingeschlagen, see einschlagen.

eingeschlossen, see einschließen.

ein'=händigen, t., hand over.

einheimisch, adj., native.

einher'=gehen, ging, gegangen, i., f., walk (before).

einher'=ziehen, zog, gezogen, i., f., move along.

ein'=holen, t., overtake.

einige, adj. (*usually plural*), some, several.

ein'=kaufen, t., buy, purchase.

ein'=laden, u, a, t., invite.

Einladung, –, –en, f., invitation.

ein'=laufen, ie, au, i., f., run in, enter.

ein'=legen, t., put in, interpose.

ein'=leuchten, i., be clear.

einmal, adv., once; auf —, all at once, all of a sudden.

ein'=mieten, t., take passage.

einmütig, adv., unanimously.

ein'=nehmen, a, genommen, t., take in, take on board.

Einöde, –, –n, f., solitude, wilderness.

ein'=richten, t., adapt, arrange; prepare; furnish.

eins, num., one.

einfah, *see* einsehen.

ein'=sammeln, t., gather.

einsank, *see* einsinken.

ein'=schiffen, t., embark; *refl.*, take passage, embark.

ein'=schlafen, ie, a, i., f., fall asleep.

ein'=schlagen, u, a, t., drive in.

ein'=schließen, o, o, t., surround, shut in, confine.

ein'=schreiben, ie, ie, t., enter (in writing).

ein'=sehen, a, e, t., realize, understand.

ein'=sinken, a, u, i., f., sink in.

einst, einstmals, adv., at one time, once.

ein'=tauschen, t., exchange, barter.

Eintracht, –, f., harmony.

eintrat, *see* eintreten.

ein'=treten, a, e, i., enter.

ein'=wenden, wandte, gewandt, *or weak*, t., object, take objection (to, gegen).

ein'=willigen, i., (in), acquiesce in, consent to.

Einwohner, –s, –, m., inhabitant.

einzeln, adj., single.

einzig, adj., single.

Elefant', –en, –en, m., elephant.

Elefantenjagd, –, –en, f., elephant hunting.

Elefantenzahn, –es, "e, m., elephant's tusk.

elend, adj., miserable.

Elend, –(e)s, n., misery, distress, calamity.

Elfenbein, –es, –e, n., ivory.

Elle, –, –n, f., ell, yard.

ellenhoch, adj., an ell high.

Eltern, pl., parents.

empfahl, *see* empfehlen.

empfehlen, a, o, t., commend.

empor'=fahren, u, a, i., f., be forced upward, rise.

empor'=schleudern, t., throw upwards.

empor'=steigen, ie, ie, i., f., rise.

Ende, –s, –n, n., end.

enden, t., end.

endigen, i., end, conclude.

endlich, adv., finally.

eng, adj., narrow.

Engel, –s, –, m., angel.

entbieten, o, o, t., offer, send.

Entdeckung, –, –en, f., discovery.

entfernen, refl., get away, wander away.

entfernt, adj. and adv., far away, distant.

Entfernung, –, –en, distance.

entfliehen, o, o, i., f., escape.

entfloh, see entfliehen.

entgegen, prep. w. dat., toward, against.

entge'gen=fahren, u, a, i., f., ride to meet.

entge'gen=kommen, kam, o, i., f., come toward, go to meet.

entge'gen=rufen, ie, u, i., call to.

entge'gen=sehen, a, e, i., look forward to, expect.

entge'gen=sein, war, gewesen, i., f., be against.

entge'gen=steuern, t. and i., steer against.

entkam, see entkommen.

entkommen, entkam, o, i., f., escape.

entlassen, ie, a, t., dismiss.

entledigen, t., release; refl., get rid of.

entlegen, adj., distant, remote.

entließ, see entlassen.

entrinnen, a, o, i., f., escape.

entronnen, see entrinnen.

entschädigen, t., compensate.

entschließen, o, o, refl., decide.

entschloß, see entschließen.

Entschluß, –es, "e, m., resolution.

entschuldigen, t., excuse.

entsetzlich, adj. and adv., terrible, fearful, in a terrible manner.

entstand, see entstehen.

entstehen, entstand, entstanden, i., f., arise, originate.

entweder, conj., either.

Entweichung, –, –en, f., escape.

entwurzelt, adj., uprooted.

entzücken, t., enrapture, delight.

entzwei'=hauen, hieb, au, t., cut in two, cut to pieces.

er, pers. pron., he, it.

erbeben, i., f., tremble, shudder, shake.

Erbitterung, –, f., bitterness.

erblicken, t., catch sight of, see.

erboſt, *adj.*, angry.
erdachte, *see* erdenken.
Erde, –, –n, *f.*, earth, ground.
erdenken, erdachte, erdacht, *t.*, think out.
ereifern, *refl.*, grow angry, get into a passion.
erfahren, u, a, *t.*, ascertain, find out.
Erfahrung, –, –en, *f.*, experience.
Erfindung, –, –en, *f.*, invention, device.
erfreut, *adj.*, glad, delighted.
erfriſchen, *t.*, refresh.
Erfriſchung, –, –en, *f.*, refreshment.
erfuhr, *see* erfahren.
erfüllen, *t.*, fill, fulfill.
Erfüllung, –, –en, *f.*, fulfillment.
ergab, *see* ergeben.
ergangen, *see* ergehen.
ergeben, a, e, *refl.*, submit, yield.
ergehen, erging, ergangen, i., ſ., happen; **es ergeht ihm,** he fares.
ergreifen, ergriff, ergriffen, *t.*, seize, grasp, take.
ergriff, *see* ergreifen.
erhaben, *adj.*, raised, embossed.
erhalten, ie, a, *t.*, preserve, hand down; obtain, gain, get.
Erhaltung, –, *f.*, maintenance, sustenance, preservation.

erhandeln, *t.*, buy, acquire by trading.
erheben, o, o, *t.*, raise, begin; *refl.*, rise.
erhielt, *see* erhalten.
erhob, *see* erheben.
erholen, *refl.*, recover, recuperate.
erinnern, *t.*, remind; *refl.*, remember, remind.
Erinnerung, –, –en, *f.*, memory, recollection.
erkannte, *see* erkennen.
erkaufen, *t.*, buy.
erkennen, erkannte, erkannt, *t.*, recognize.
erklang, *see* erklingen.
erklingen, a, u, i., ſ., resound.
erkundigen, *refl.*, inquire.
erlauben, *t.*, permit.
Erlaubnis, –, *f.*, permission.
erleben, *t.*, experience.
erlegen, *t.*, kill.
erleiden, erlitt, erlitten, *t.*, suffer, undergo.
erlitten, *adj.*, suffered, endured.
erlöſen, *t.*, save.
Ermattung, –, *f.*, exhaustion.
ermüdend, *adj.*, fatiguing.
ermüdet, *adj.*, fatigued, tired.
Ermüdung, –, *f.*, fatigue.
ermuntern, *t.*, encourage.
erneuern, *t.*, renew.
ernſthaft, *adj.*, serious.
erquicken, *t.*, refresh, regale.
erreichen, *t.*, reach.
erretten, *t.*, save, rescue.

errichten, *t.*, erect, set up.
erröten, *i.*, blush.
Ersatz, –es, ⸚e, *m.*, compensation.
erschallen, o, o, *i.*, ſ., resound, be heard.
erscheinen, ie, ie, *i.*, ſ., appear.
Erscheinung, –, –en, *f.*, appearance, phenomenon.
erschien, *see* erscheinen.
erscholl, *see* erschallen.
erschöpfen, *t.*, exhaust, drain.
erschöpft, *adj.*, exhausted.
erschrak, *see* erschrecken.
erschrecken, a, o, *i.*, ſ., be frightened.
Erschrecken, –s, *n.*, alarm; surprise.
erschrocken, *adj.*, terrified, frightened.
ersinnen, a, o, *t.*, devise.
erst, *adj.*, first; *adv.*, first, only, not until.
erstaunen, *i.*, ſ., be amazed, be surprised.
Erstaunen, –s, *n.*, astonishment.
erstaunlich, *adj.*, astonishing, amazing.
ersteigen, ie, ie, *t.*, climb, climb up. [cate.
ersticken, *t.*, smother, suffocate.
erstieg, *see* ersteigen.
erstrecken, *refl.*, protrude.
erteilen, *t.*, share, give.
ertragen, u, a, *t.*, bear, suffer.
erträglich, *adj.*, bearable, endurable.

ertrank, *see* ertrinken.
ertrinken, a, u, *i.*, ſ., drown.
ertrug, *see* ertragen.
ertrunken, *adj.*, drowned.
erwachen, *i.*, ſ., awaken.
erwarb, *see* erwerben.
Erwartung, –, –en, *f.*, expectation.
erwerben, a, o, *t.*, accumulate, earn.
erweisen, ie, ie, *t.*, show; *refl.*, appear.
erwidern, *t.*, reply, return, reciprocate.
erwiesen, *see* erweisen.
erworben, *adj.*, accumulated, acquired.
erwürgen, *t.*, choke to death, strangle.
erzählen, *t.*, tell, relate.
Erzählung, –, –en, *f.*, narrative, story.
erzeigen, *t.*, prove, show.
erzittern, *i.*, ſ., tremble.
es, *pers. pron.*, it.
eßbar, *adj.*, eatable, edible.
essen, a, gegessen, *t.*, eat.
Eßlust, –, *f.*, appetite.
etliche, *adj.*, several.
etwa, *adv.*, about, possibly.
etwas, *pron.*, something.
euch, *pers. pron.*, you, yourself.
euer, *poss. adj.*, your.
Eule, –, –n, *f.*, owl.
Eulenkopf, –es, ⸚e, *m.*, owl's head.
eurige (der, die, das), *poss. pron.*, yours.

F

Fahne, –, –n, *f.*, flag.

fahren, u, a, i., f., ride, sail; motion, indicate.

Fahrt, –, –en, *f.*, journey.

Fahrzeug, –s, –e, *n.*, ship.

Fall, ·–es, ⁿe, *m.*, case, event, accident.

fallen, fiel, a, i., f., fall; **dar=über her—**, attack.

fand, *see* **finden.**

fangen, i, a, t., catch.

Farbe, –, –n, *f.*, color.

färben, t., color, tinge.

fassen, t., grasp, take; **ein Herz —**, to take heart *or* courage.

fast, *adv.*, almost.

fatal', *adj.*, fatal, odious.

Faust, –, ⁿe, *f.*, fist.

fehlen, i., be wanting, be missing; ail.

feiern, t., celebrate.

fein, *adj.*, fine.

Feind, –es, –e, *m.*, enemy.

Feld, –es, –er, *n.*, field, ground.

Fels, –en, –en, *m.*, rock.

Felsenboden, –s, –, rocky ground.

Felsengebirge, –s, –, *n.*, rocky mountains.

Felsengipfel, –s, –, *m.*, rocky peak.

Felsenhöhle, –, –n, *f.*, cave in the rocks.

Felsennest, –es, –er, *n.*, nest in the rocks.

Felsenplatte, –, –n, *f.*, rocky ledge.

Felsenritz, –es, –en, *m.*, rocky cleft.

Felsenspalte, –, –n, *f.*, crevice.

Felsenwand, –, ⁿe, *f.*, face of a cliff, wall of rock.

Felsenzacken, –s, –, *m.*, crag.

Felsgestade, –s, –, *n.*, rocky shore.

Felsstück, –es, –e, *n.*, rock.

Fenster, –s, –, *n.*, window.

fern, *adj. and adv.*, far; **fer=ner,** farther.

Ferne, –, –n, *f.*, distance, the distant world.

fertig, *adj.*, finished, done, ready.

fesseln, t., attach.

Fest, –es, –e, *n.*, festival, feast.

fest, *adj. and adv.*, firm(ly), fast, secure, main.

fest'=binden, a, u, t., tie, fasten.

fest'=halten, ie, a, t., hold fast.

Festtag, –es, –e, *m.*, holiday.

fett, *adj.*, fat.

Fett, –es, –e, *n.*, fat.

Feuer, –s, –, *n.*, fire.

feuerspeiend, *adj.*, spitting fire, volcanic.

fiel, *see* **fallen.**

fiel ein, *see* **einfallen.**

fiel her, *see* **herfallen.**

Figur', –, –en, *f.*, shape.

finden, a, u, t., find.

fing an, *see* anfangen.
fing auf, *see* auffangen.
fing heraus, *see* herausfan-
gen.
Fisch, –es, –e, *m.*, fish.
Fischschuppe, –, –n, *f.*, fish
scale.
flach, *adj.*, flat.
Fläche, –, –en, *f.*, expanse.
Flasche, –, –n, *f.*, bottle.
Flaschenkürbis, –sses, –sse, *m.*,
bottle gourd.
Fleisch, –es, –sorten, *n.*, meat,
flesh.
Fleiß, –es, *m.*, industry, dili-
gence.
fletschen, *t.*, gnash, bare
(teeth).
fliegen, o, o, i., f., fly.
fliehen, o, o, i., f., flee.
fließen, o, o, i., f., flow.
flog, *see* fliegen.
flog davon, *see* davonfliegen.
flog hin, *see* hinfliegen.
flog hinein, *see* hineinflie-
gen.
flog zu, *see* zufliegen.
floh, *see* fliehen.
floh her *see* herfliehen.
floß, *see* fließen.
Floß, –es, "e, *n.*, raft.
Flucht, –, *f.*, flight; die —
ergreifen, flee.
Flug, –es, "e, *m.*, flight.
Flügel, –s, –, *m.*, wing.
Fluß, –es, "e, *m.*, river.
Flüssigkeit, –, –en, *f.*, fluid.
Flut, –, –en, *f.*, flood, tide.
folgen, i., f., w. dat., follow.

folgend, *adj.*, following.
fordern, *t.*, demand.
fort, *adv.*, away, gone.
fort'=fahren, u, a, i., f., continue.
fort'=gehen, ging, gegangen,
i., f., go on.
fort'=leben, i., live on, continue to live.
fort'=reißen, i, i, t., tear
away, carry away.
fort'=rollen, i., f., roll away,
glide away.
fort'=sein, war, gewesen, i.,
f., be gone.
fort'=setzen, t., continue.
fort'=tragen, u, a, t., carry
away, carry off.
fortwährend, *adj.*, lasting,
continuing, incessant.
Frage, –, –n, *f.*, question.
fragen, t. *and* i., ask.
fraß, *see* fressen.
Frau, –, –en, *f.*, wife.
frei, *adj.*, free, open; *adv.*,
freely.
Freigebigkeit, –, *f.*, liberality.
Freiheit, –, –en, *f.*, liberty.
freilich, *adv.*, certainly, of
course.
freiwillig, *adv.*, voluntarily.
fremd, *adj.*, foreign.
Fremde, –n, –n, *m.*, stranger.
Fremdling, –s, –e, *m.*,
stranger.
fressen, a, e, t., eat (like ani-
mals), devour.
freuen, *refl.*, w. gen., be
glad.

Freude, –, –n, *f.*, joy, pleasure.

freudenklopfend, *adj.*, beating with joy.

Freudenträne, –, –n, *f.*, tear of joy.

freudig, *adj.*, joyful.

Freund, –es, –e, *m.*, friend.

freundlich, *adj.*, kind.

Freundlichkeit, –, –en, *f.*, friendliness.

Freundschaft, –, *f.*, friendship.

freundschaftlich, *adj.*, friendly.

frisch, *adj. and adv.*, fresh, clear, freely.

fristen, *t.*, prolong.

froh, *adj.*, glad.

fröhlich, *adj.*, joyful, merry, happy.

frohlocken, *i.*, rejoice.

Frucht, –, "e, *f.*, fruit.

fruchtbar, *adj.*, fertile.

Fruchtbaum, –s, "e, *m.*, fruit tree.

früh, *adj. and adv.*, early.

Frühe, –, *f.*, early morning.

früher, *adj.*, former.

fügen, *t.*, add.

fühlbar, *adj.*, perceptible; powerful, vigorous.

fühlen, *t.*, feel.

fuhr, *see* **fahren.**

fuhr ab, *see* **abfahren.**

fuhr an, *see* **anfahren.**

fuhr auf, *see* **auffahren.**

fuhr ein, *see* **einfahren.**

fuhr empor, *see* **emporfahren.**

führen, *t.*, lead, take; navigate.

fuhr fort, *see* **fortfahren.**

füllen, *t.*, fill.

Füllen, –s, –, *n.*, colt.

fünf, *num.*, five.

fünft, *adj.*, fifth.

fünfzig, *num.*, fifty.

Funke, –ns, –n, *m.*, spark.

für, *prep. w. acc.*, for, in.

Furcht, –, *f.*, fear.

furchtbar, *adj.*, terrible.

fürchten, *t.*, fear.

fürchterlich, *adj. and adv.*, terrible, terribly.

furchtsam, *adj.*, afraid (of, vor).

Fürsprache, –, –n, *f.*, intercession; — **einlegen,** intercede.

Fürst, –en, –en, *m.*, prince.

Fuß, –es, "e, *m.*, foot.

füttern, *t.*, feed.

G

gab, *see* **geben.**

Gabe, –, –n, *f.*, gift.

gab mit, *see* **mitgeben.**

gähnen, *i.*, yawn.

Gang, –es, "e, *m.*, trip, errand; passage.

ganz, *adj.*, entire, whole; *adv.*, very, quite, entirely, fully.

gar, *adj.*, well cooked, done; *adv.*, fully, quite, even, at all; — **nicht,** not at all.

garstig, *adj.*, horrible, disgusting.

Garten, –s, ⸚, *m.*, garden.

Gasse, –, –n, *f.*, street.

Gasterei', –, –en, *f.*, feast, banquet.

Gaul, –s, ⸚e, *m.*, horse, steed.

geachtet, *adj.*, respected.

gearbeitet, *adj.*, polished, worked.

gebannt, *adj.*, rooted.

Gebärde, –, –en, *f.*, bearing, gesture.

gebärden, *refl.*, act.

Gebäude, –s, –, *n.*, building.

geben, a, e, *t.*, give, mean.

gebieten, o, o, *t.*, command.

Gebirge, –s, –, *n.*, mountain range, mountain chain.

Gebiß, –es, –e, *n.*, bite, bit.

geblieben, *see* bleiben.

gebot, *see* gebieten.

Gebot, –es, –e, *n.*; zu —e stehen, be within reach, be at one's command.

gebracht, *see* bringen.

gebrechlich, *adj.*, infirm.

Gebrüll, –s, *n.*, roar; trumpeting (of elephants).

Gebüsch, –es, –e, *n.*, thicket, bushes.

gebachte, *see* gebenken.

Gebanke, –ns, –n, *m.*, thought, reflection.

gebenken, gebachte, gebacht, *i.*, resolve, intend.

Gebulb, –, *f.*, patience.

gebulbig, *adj. and adv.*, patient.

Gefahr, –, –en, *f.*, danger.

gefährlich, *adj.*, dangerous.

gefahrlos, *adj.*, safe, without risk.

Gefährte, –n, –n, *m.*, companion.

gefahrvoll, *adj.*, dangerous, full of danger.

gefallen, gefiel, a, *t.*, please; es gefällt mir, I am pleased, I like; sich — lassen, be pleased with.

Gefallen, –s, *n.*, pleasure, favor.

gefällig, *adj.*, obliging.

Gefälligkeit, –, –en, *f.*, courtesy.

gefärbt, *adj.*, colored, variegated.

Gefäß, –es, –e, *n.*, vessel, goblet.

gefiel, *see* gefallen.

Gefühl, –(e)s, –e, *n.*, feeling, emotion.

geführt, *adj.*, led.

gefunden, *see* finden.

gegen, *prep. w. acc.*, against, to, toward, for, in return for.

Gegend, –, –en, *f.*, region, neighborhood.

Gegengeschenk, –es, –e, *n.*, present in return.

Gegenteil, –es, –e, *n.*, contrary; im —, on the contrary.

Gegenwehr, –, *f.*, resistance, defense.

geheim, *adj.*, secret.

Geheiß, –es, –e, n., command.

gehen, ging, gegangen, i., f., go, walk; in sich —, repent, feel remorse.

Gehör, –(e)s, n., hearing; — geben, give ear, listen.

gehören, i., belong, be.

gehörig, adv., suitably, properly. [mind.

Geist, –es, –er, m., spirit,

gekommen, see kommen.

gelassen, adv., calmly.

Gelbschnabel, –s, ", m., jackanapes, puppy.

Geld, –es, –er, n., money.

gelegen, adj., situated.

Gelegenheit, –, –en, f., opportunity.

Gelehrte, –n, –n, m., learned man, scholar.

geliebt, adj., loved.

gelingen, a, u, impers. w. dat., f., succeed.

gelitten, see leiden.

Gemahlin, –, –nen, f., wife.

gemeinschaftlich, adj. and adv., together, in common, in partnership.

Gemütsstimmung, –, –en, f., frame of mind.

genießen, o, o, t., enjoy.

Genosse, –n, –n, m., companion.

genug, adv., enough.

Genuß, –es, "e, m., enjoyment.

gerade, adj., straight; adv., directly, just, just then.

Gerassel, –s, n., rattling.

Gerät, –es, –e, n., vessels.

geraten, ie, a, i., f., fall, get.

geräumig, adj., spacious, roomy.

Geräusch, –es, –e, n., noise.

gerecht, adj., just.

geriet, see geraten.

gering, adj., little, weak, small; adv., lightly.

gerinnen, a, o, i., f., coagulate, congeal.

Gerippe, –s, –, n., skeleton.

geritten, see reiten.

gern, adv., willingly; w. verbs, like to.

Gerstenbrot, –es, –e, n., barley bread.

Geruch, –es, "e, m., odor.

gerufen, see rufen.

gerührt, adj., touched.

Gesandte, –n, –n, m., ambassador, envoy.

Gesandtschaft, –, –en, f., embassy.

Gesang, –es, "e, m., song, singing.

Geschäft, –es, –e, n., transaction, business; mission.

geschäftig, adj., busy.

geschehen, a, e, i., f., happen, be done.

Geschenk, –es, –e, n., gift, present.

Geschichte, –, –n, f., story, history.

Geschicklichkeit, –, –en, f., skill, dexterity.

Geschirr, –es, –e, n., harness.

geschliffen, *see* schleifen.
geschlossen, *see* schließen.
geschmackvoll, *adj.*, tasteful.
Geschrei, –es, *n.*, shouts, noise; screeching.
Geschwindigkeit, –, –en, *f.*, quickness, agility.
Gesellschaft, –, –en, *f.*, company, party, social gathering.
Gesetz, –es, –e, *n.*, law.
Gesicht, –es, –er, *n.*, face, sight, look.
gesonnen, *adj.*, disposed; — sein, intend.
Gespräch, –es, –e, *n.*, conversation.
Gestade, –s, –, *n.*, shore.
gestalten, *t.*, shape.
gestaltet, *adj.*, shaped.
gestand, *see* gestehen.
gestehen, gestand, gestanden, *t.*, acknowledge.
Gestell, –es, –e, *n.*, frame.
gestrig, *adj.*, of yesterday.
getan, *see* tun.
Getöse, –s, –, *n.*, noise.
Getränk, –es, –e, *n.*, beverage, drink.
getrieben, *see* treiben.
gewahren, *t.*, observe, notice.
gewaltig, *adj. and adv.*, mighty, violently.
gewaltsam, *adv.*, forcibly.
Gewand, –es, ̈er, *n.*, dress, cloak.
Gewandtheit, –, –en, *f.*, skill.
Gewebe, –s, –, *n.*, weaving, fabric.

Gewerbe, –s, –, *n.*, industrial pursuit, trade.
gewesen, *see* sein.
Gewimmel, –s, *n.*, swarming (crowd).
Gewinn, –(e)s, –e, *m.*, profit.
gewinnen, a, o, *t.*, win, gain, get.
gewiß, *adj. and adv.*, certain, sure(ly).
gewöhnen, *refl.*, get accustomed to.
gewöhnlich, *adv.*, usually.
Gewölbe, –s, –, *n.*, vault.
gewölbt, *adj.*, arched.
geworfen, *see* werfen.
gewunden, *adj.*, spiral.
Gewürm, –(e)s, *n.*, vermin, reptiles.
Gewürz, –es, –e, *n.*, spices.
Gewürznägelein, –s, –, *n.*, Gewürznelke, –, –n, *f.*, clove.
gezähmt, *adj.*, tame.
Gezisch, –es, *n.*, hissing.
gibt, *see* geben.
Gier, –, *f.*, eagerness.
gierig, *adj.*, eager, greedy.
giftig, *adj.*, poisonous.
ging, *see* gehen.
ging ab, *see* abgehen.
ging aus, *see* ausgehen.
ging fort, *see* fortgehen.
ging hervor, *see* hervorgehen.
ging hin, *see* hingehen.
ging hinein, *see* hineingehen.
ging unter, *see* untergehen.

ging zu, *see* zugehen.

ging zurück, *see* zurückgehen.

Gipfel, –s, –, *m.,* top, peak, summit.

Gitter, –s, –, *n.,* lattice.

Gitterfenster, –s, –, *n.,* lattice window.

glatt, *adj. and adv.,* smooth (ly).

Glaube (n), –s, *m.,* belief.

glauben, *t. and i.,* believe, suppose, imagine.

Gläubige, –n, –n, *m.,* faith-ful.

gleich, *adj.,* equal, like, similar; *w. dat.,* even with, like; *adv.,* instantly, right.

gleichen, i, i, *t., w. dat.,* resemble, be like.

Gleichgewicht, –es, *n.,* equilibrium, balance.

gleich'-kommen, kam, o, i., f., *w. dat.,* equal.

gleich'-tun, tat, a, *t.,* equal, match.

glich, *see* gleichen.

Glockeneiland, –es, –e, *n.,* Bell Island.

Glück, –es, *n.,* fortune, luck.

glücklich, *adj. and adv.,* happy, happily, fortunate, lucky, safely.

Glücksgut, –es, "er, *n.,* riches.

glühen, *i.,* glow.

glühend, *adj.,* glowing.

Gnade, –, *f.,* grace, favor.

gnädig, *adj.,* gracious.

Gold, –es, *n.,* gold, wealth.

golden, *adj.,* golden, of gold.

Goldmünze, –, –n, *f.,* gold coin.

Goldstoff, –es, –e, *m.,* gold brocade, gold cloth.

Goldstück, –es, –e, *n.,* gold piece.

Gott, –es, "er, *m.,* god; God.

göttlich, *adj.,* divine.

Grab, –es, "er, *n.,* grave.

graben, u, a, *t.,* dig.

Grabgewölbe, –s, –, *n.,* vault, tomb.

Grabhöhle, –, –n, *f.,* cave of death.

grämen, *t.,* worry, grieve.

Gras, –es, "er, *n.,* grass.

Grashalm, –s, –e, *m.,* blade of grass.

grasreich, *adj.,* rich in grass, grassy.

gräßlich, *adj.,* horrible, terrible.

grau, *adj.,* gray.

Grauen, –s, *n.,* horror.

grausam, *adj.,* cruel, inhuman.

Grausamkeit, –, –en, *f.,* cruelty.

greifen, griff, gegriffen, *t. and i.,* grasp, snatch.

Greis, –es, –e, *m.,* old man.

grenzenlos, *adj.,* boundless.

griff, *see* greifen.

groß, *adj.,* large, great, huge.

Große, –n, –n, *m.,* dignitary.

Größe, –, –n, *f.,* size, greatness.

Großschatzmeister, –s, –, *m.,*

chancellor of the exchequer.
Grotte, –, –n, *f.,* grotto, cave.
Grube, –, –n, *f.,* pit, cavity.
Gruft, –, "e, *f.,* vault, grave.
grün, *adj.,* green.
Grund, –es, "e, *m.,* bottom.
Gruß, –es, "e, *m.,* greeting.
grüßen, *t.,* salute, greet.
Gunst, –, *f.,* favor.
günstig, *adj.,* favorable; *adv.,* favorably.
gut, *adj.,* good; *adv.,* well.
Gut, –es, "er, *n.,* possession, property.
gutmütig, *adj.,* good-natured.

H

Haar, –es, –e, *n.,* hair.
haarig, *adj.,* hairy.
haben, hatte, gehabt, *t.,* have, hold.
hacken, *t.,* chop.
Hafen, –s, ", *m.,* port, harbor.
halb, *adj. and adv.,* half.
halbmenschlich, *adj.,* half-human.
halbtot, *adj.,* half-dead.
Hälfte, –, –n, *f.,* half.
Hals, –es, "e, *m.,* neck.
Halsband, –es, "er, *n.,* necklace.
halten, ie, a, *t.,* hold, keep; — **für,** consider; *i.,* stop.
Hammel, –s, –, *m.,* wether, male sheep.

Hand, –, "e, *f.,* hand.
Handel, –s, *m.,* commerce.
handeln, *i.,* act, do, deal, trade.
Handelsmann, –es, –leute, *m.,* merchant.
Handelsschiff, –es, –e, *n.,* merchant vessel.
Handwerk, –s, –e, *n.,* trade.
Handwerksmann, –es, –leute, *m.,* artisan.
hangen, i, a, i., hang.
hängen, i, a, *or weak, t.,* hang; *refl.,* attach, fasten; — **bleiben,** stick fast.
hart, *adj.,* hard.
hartnäckig, *adj. and adv.,* stubborn(ly), obstinate(ly).
Harun, *m.,* proper name.
harzig, *adj.,* resinous.
häßlich, *adj.,* ugly.
hatte, *see* **haben.**
Hauch, –es, *m.,* breath.
hauen, hieb, au, *t.,* hew, cut.
Haufen, –s, –, *m.,* heap.
häufig, *adv.,* frequently.
Haupt, –es, "er, *n.,* head.
Hauptstadt, –, "e, *f.,* capital.
Haus, –es, "er, *n.,* house.
hausen, *i.,* dwell.
Haushaltung, –, –en, *f.,* establishment, household.
häuslich, *adj. and adv.,* domestic, domestically; **sich** — **niederlassen,** settle.
Hausverwalter, –s, –, *m.,* steward.
Hauswesen, –s, –, *n.,* household affairs.

Haut, –, ͤe, f., skin.
heben, o, o, t., lift, raise.
Heer, –es, –e, n., army.
heftig, adj. and adv., violent (ly).
Heftigkeit, –, –en, f., violence, vehemence.
Heil, –s, n., happiness, prosperity.
heilig, adj. and adv., sacred, religiously.
heilsam, adj., healing, beneficial.
Heimat, –, f., home, native country.
Heimweh, –s, n., homesickness.
heiraten, t. and i., marry.
heißen, ie, ei, t., be called.
hell, adj., bright, clear.
her, adv., hither, here; hin und —, hither and thither.
herab, adv., down (from).
herab'=fallen, fiel, a, i., f., fall down.
herab'=fliegen, o, o, i., f., fly down.
herab'=glänzen, i., shine down.
herab'=kommen, kam, o, i., f., come down.
herab'=rauschen, i., murmur along.
herab'=schießen, o, o, i., f., shoot down, swoop down.
herab'=schütteln, t., shake down.
herab'=steigen, ie, ie, i., f., climb down.

herab'=werfen, a, o, t., throw down.
heran'=dämmern, i., dawn.
heran'=schwimmen, a, o, i., f., swim near, swim forth.
herauf, adv., up.
herauf'=kommen, kam, o, i., f., come up, rise.
herausbrach, see heraus=brechen.
heraus'=brechen, a, o, t., bring up, vomit forth.
heraus'=bringen, a, u, i., issue, emanate.
heraus'=fahren, u, a, i., f., rush out.
heraus'=fangen, i, a, t., pick out, seize.
heraus'=finden, a, u, refl., find one's way out.
heraus'=fließen, o, o, i., f., flow out.
heraus'=gehen, ging, gegan=gen, i., f., go out, leave.
heraus'=schütteln, t., shake out.
heraus'=strecken, t., stretch out, put out.
heraus'=stürzen, i., f., rush out.
heraustrat, see heraustre=ten.
heraus'=treten, a, e, i., f., step out, leave.
heraus'=wölben, t., arch out, bulge out.
herbei'=eilen, i., f., hurry up, rush up.
herbei'=kommen, kam, o, i., f., pass by.

herbei'-schwimmen, a, o, i., come hither.

Herberge, –, –n, f., inn.

her'-bringen, brachte, ge=bracht, t., bring hither.

Herde, –, –n, f., herd.

herein'-bringen, brachte, ge=bracht, t., bring in.

herein'-fallen, fiel, a, i., f., fall in, shine in (light).

hereinfiel, see hereinfallen.

hereingebracht, see herein=bringen.

herein'-rufen, ie, u, t., call in.

her'-fallen, fiel, a, i., f., fall upon; (über) assail.

her'-fliehen, o, o, i., flee away, run away from.

her'-kommen, kam, o, i., f., come from.

hernach', adv., afterwards.

Herr, –n, –en, m., master, lord, sir.

her'-reiten, ritt, geritten, f., ride up.

herrlich, adj. and adv., mag-nificent(ly).

herrschen, i., reign.

her'-rühren, i., come down, proceed, originate.

her'-schleppen, t., drag, carry.

her'-stehen, stand, gestanden, i., stand around.

herüber, adv., over, across; — und hinüber, to and fro.

herü'ber-fahren, u, a, i., f., come over toward.

herüberfuhr, see herüberfah-ren.

herübergekommen, see her=überkommen.

herü'ber-kommen, kam, o, i., f., be handed down.

herum', adv., around, about.

herum'-drängen, refl., crowd, press close.

herum'-führen, t., lead around.

herum'-gehen, ging, gegan-gen, i., f., go around.

herumging, see herumgehen.

herum'-kommen, kam, o, i., f., travel around.

herum'-kriechen, o, o, i., f., creep around, crawl around.

herum'-reisen, i., f., travel about.

herum'-reißen, i, i, t., pull from side to side.

herumsah, see herumsehen.

herum'-schelten, a, o, i., quarrel.

herum'-sehen, a, e, i., look around.

herum'-treten, a, e, t., step all over.

herunter, adv., down.

herun'ter-bücken, i., bend down.

Herun'terfallen, –s, n., fall-ing down.

herun'ter-fallen, fiel, a, i., f., fall down.

herunterfiel, see herunterfal-len.

herun'ter=reißen, i, i, t., tear down, pull down.

hervor'=bringen, brachte, ge= bracht, t., bring forth, produce.

hervor'=gehen, ging, gegan= gen, i., f., go out, come out.

hervor'=kommen, kam, o, i., f., come forth, emerge.

hervor'=stehen, stand, gestan= den, i., f., stand out, pro- trude, project.

hervor'=stürzen, i., f., rush forth, rush out.

her'=wehen, t., blow hither.

Herz, —ens, —en, n., heart, courage.

herzlich, adj., hearty; adv., heartily.

herzu'=kommen, kam, o, i., f., approach, come hither.

Heulen, —s, n., howling.

Heuschrecke, –, –n, f., grass- hopper, locust.

heute, adv., to-day.

heutig, adj., of to-day, of this time.

hieb entzwei, see entzwei= hauen.

hielt, see halten.

hielt inne, see innehalten.

hielt zu, see zuhalten.

hier, adv., here.

hierauf, adv., thereupon.

hierher, hierhin, adv., here, hither.

hierher'=kommen, kam, o, i., f., come hither.

hierher'=werfen, a, o, t., throw hither.

hierzu, adv., for this.

hierzulande, adv., of or in this country.

hieß, see heißen.

Hilfe, –, f., help.

Himmel, —s, –, m., heaven, sky.

himmelblau, adj., sky-blue.

hin, adv., thither, toward, there; — und her, to and fro.

hinab', adv., down, down to.

hinab'=eilen, i., hurry down.

hinabgerissen, see hinabrei= ßen.

hinab'=klaffen, i., open deep down, yawn.

hinab'=lassen, ie, a, t., let down, lower.

hinab'=laufen, ie, au, i., f., run down.

hinab'=reisen, i., f., journey down.

hinab'=reißen, i, i, t., pull down.

hinab'=senken, t., lower.

hinab'=springen, a, u, t., jump down.

hinab'=steigen, ie, ie, i., f.. climb down.

hinabstieg, see hinabsteigen.

hinab'=stürzen, t., throw down.

hinauf'=brüllen, i., roar up.

hinauf'=führen, i., lead up.

hinauf'=klettern, i., f.. climb up.

hinaufsah, *see* hinaufsehen.

hinauf'=sehen, a, e, i., look up.

hinauf'=steigen, ie, ie, i., f., climb up, ascend.

hinaufstieg, *see* hinaufsteigen.

hinauf'=winden, a, u, *refl.*, wind around, coil about.

hinaus'=drängen, *t.*, urge on, impel.

hinaus'=gehen, ging, gegan= gen, i., f., go out.

hinaus'=kommen, kam, o, i., go out.

hinaus'=laufen, ie, au, i., f., run out, put out (to sea).

hinaus'=rücken, *t.*, put off.

hinaus'=schauen, i., gaze out.

hinaus'=sehen, a, e, i., look out.

hinaus'=treiben, ie, ie, *t.*, drive out.

Hinbad, –s, *m.*, proper name.

hin'=bewegen, *refl.*, move, stir.

hin'=blicken, i., look towards.

hin'=bringen, brachte, ge= bracht, *t.*, pass, spend.

Hinbrüten, –s, *n.*, brooding, stupor.

hindurch', *adv.*, throughout, through.

hindurch'=schlängeln, *refl.*, wind.

hinein', *adv.*, in, into it; in ... —, into.

hinein'=denken, dachte, ge= dacht, *refl.*, realize, under- stand.

hinein'=bringen, a, u, i., f., penetrate.

hinein'=fliegen, o, o, i., f., fly out.

hinein'=gehen, ging, gegan= gen, i., f., go into, pene- trate.

hinein'=leben, i.; in den Tag —, live from day to day, take things as they come.

hinein'=legen, *t.*, lay in; *refl.*, lie down.

hinein'=packen, *t.*, pack into.

hinein'=schlafen, ie, a, i., sleep on.

hinein'=setzen, *refl.*, sit down in.

hinein'=stellen, *t.*, put in, place.

hinein'=ziehen, zog, gezogen, *refl.*, flow.

hineinzog, *see* hineinziehen.

hin'=fahren, u, a, i., f., go to, sail to.

hin'=fliegen, o, o, i., f., fly away, fly across.

hing, *see* hangen, hängen.

hin'=gehen, ging, gegangen, i., f., walk along, go to.

hinkam, *see* hinkommen.

hin'=kommen, kam, o, i., f., come to.

hin'=kriechen, o, o, i., f., creep along.

hinkroch, *see* hinkriechen.

hinlänglich, *adj. and adv.*, ample, sufficiently.

hin'=laufen, ie, au, i., f., run.

hin'=rauschen, i., s., rustle, rush along.

hinsah, *see* hinsehen.

hin'=schielen, i., glance furtively.

hin'=schweben, i., float toward.

hin'=sehen, a, e, i., look toward.

hin'=setzen, t., put down.

hin'=stieren, i., stare at.

hinter, *prep. w. dat. and acc.*, behind.

hinterdrein', *adv.*, behind, in the rear.

hintere, *adj.*, back, rear.

hinterlaf'sen, ie, a, t., leave.

hinterließ, *see* hinterlassen.

hinüber, *adv.*, over to.

hinü'ber=schwimmen a, o, t., swim over.

hinü'ber=sehen, a, e, i., look across.

hinunter, *adv.*, down.

hinun'ter=fliegen, o, o, i., s., fly down.

hinun'ter=lassen, ie, a, t., let down, lower.

hinun'ter=schlucken, t., swallow, gulp down.

hinun'ter=werfen, a, o, t., throw down.

hin'=verlocken, t., lure on.

hinweg'=gehen, ging, gegangen, i., s., walk (over).

hinwegging, *see* hinweggehen.

hin'=werfen, a, o, t., throw down.

hinzu'=fügen, t., add.

hinzukam, *see* hinzukommen.

hinzu'=kommen, kam, o, i., s., approach.

hinzu'=setzen, t., add. [up.

hinzu'=treten, a, e, i., s., step

hob, *see* heben.

hob auf, *see* aufheben.

hob weg, *see* wegheben.

hoch, *adj. and adv.*, high, tall.

höchst, *adv.*, very, extremely.

Hochzeit, –, –en, f., marriage.

Hochzeitsgewand, –es, ̈er, n., wedding dress.

Hof, –es, ̈e, m., court, courtyard.

hoffen, t. and i., hope.

hoffentlich, *adv.*, it is to be hoped, I hope.

Hoffnung, –, –en, f., hope.

Höflichkeit, –, –en, f., courtesy.

Höhe, –, –n, f., height; in die —, into the air, up.

Höhle, –, –n, f., cave.

holen, t., fetch, get.

Holz, –es, ̈er, n., wood.

horchen, i., hearken, listen.

hören, t., hear.

Hören, –s, n., hearing.

Horn, –es, ̈er, n., horn.

Huhn, –es, ̈er, n., hen.

Hühnchen, –s, –, n., little chicken.

Huld, –, f., graciousness, grace.

Hülle, –, –n, f., covering.

hundert, *num.*, hundred.

hunderttausend, *num.*, a hundred thousand.

Hunger, –8, *m.*, hunger.
Hungertod, –(e)8, *m.*, death
from starvation.
hungrig, *adj.*, hungry.
hüpfen, *i.*, *ſ.*, jump.
Huſten, –8, *m.*, coughing.
hüten, *t.*, take care, guard.
Hütte, –, –n, *f.*, hut.

J (i)

ich, *pers. pron.*, I.
ihr, *poss. adj.*, her, their.
ihr, *pers. pron.*, *pl. of* du, you.
im = **in dem.**
immer, *adv.*, always; —
noch, yet, still.
imſtande ſein, be able.
in, *prep. w. dat.*, in; *w. acc.*,
into.
indem', *conj.*, while, as;
meantime.
indeſſen, *adv.*, meanwhile;
however.
Indien, –8, *n.*, India.
Indier, –8, –, *m.*, Indian.
indiſch, *adj.*, Indian.
Ingwer, –8, *m.*, ginger.
in'ne-halten, ie, a, i, stop.
innen, *adv.*, inside.
Innere, –n, *n.*, interior.
ins = **in das.**
Inſel, –, –n, *f.*, island.
inſtändig, *adj. and adv.*,
earnest(ly).
Inſtrument', –e8, –e, *n.*, in-
strument.
Irrtum, –8, "er, *m.*, mistake.

J (j)

ja, *adv.*, yes; you know, why;
surely, indeed.
jagen, *t.*, chase.
Jahr, –e8, –e, *n.*, year.
jahrelang, *adv.*, for years.
jährlich, *adj.*, yearly.
Jammergeſchrei, –e8, *n.*, cry
of lamentation.
jauchzen, *i.*, shout with joy,
huzza.
je, *adv.*, ever, always; —
..., **deſto** ..., the ... the
...; — **nachdem,** according, as.
jeder, –e, –e8, *adj.*, each,
every; *pron.*, every one,
each one.
jedermann, *pron.*, everybody,
every one.
jedoch, *conj.*, however, yet.
jeglich, *adj.*, every.
jemals, *adv.*, ever.
jemand, *pron.*, somebody,
anybody.
jener, –e, –e8, *adj.*, that;
pron., that one.
Jeru'ſalem, –8, *n.*, Jerusalem.
jetzig, *adj.*, present.
jetzt, *adv.*, now.
Jugend, –, *f.*, youth.
jung, *adj.*, young.
Junge, –n, –n, *n.*, young
(eagle).
Jungfrau, –, –en, *f.*, young
girl, maiden.
Juwel', –8, –en, *m.*, jewel.

K

kahl, *adj.*, bare.
Kairo, –s, *n.*, Cairo, a city in Egypt.
Kalif', –en, –en, *m.*, Caliph.
kam, *see* **kommen**.
kam an, *see* **ankommen**.
Kamel', –(e)s, –e, *n.*, camel.
kam entgegen, *see* **entgegen-kommen**.
kam her, *see* **herkommen**.
kam herbei, *see* **herbeikom-men**.
kam hervor, *see* **hervorkom-men**.
kam herzu, *see* **herzukommen**.
Kämmerling, –s, –e, *m.*, chamberlain.
Kampf, –es, ̈e, *m.*, battle, fight.
kämpfen, *i.*, fight.
Kampfer, –s, *m.*, camphor.
kam vorbei, *see* **vorbeikom-men**.
kam wieder, *see* **wiederkom-men**.
Kanal', –s, ̈e, *m.*, channel, canal, ditch.
Kapitän', –s, –e, *m.*, captain.
Karawa'ne, –, –n, *f.*, caravan.
karmesin'rot, *adj.*, carmine.
Katze, –, –n, *f.*, cat.
kauen, *t. and i.*, chew.
kaufen, *t.*, buy.
Kaufmann, –es, –leute, *m.*, merchant.
kaum, *adv.*, scarcely, hardly.

kehren, *t.*, turn; **sich — an**, pay attention to, mind.
kein, –e, *adj.*, no, not any.
keiner, —e, —es, *pron.*, none.
keineswegs, *adv.*, by no means.
Kela, –s, *n.*, name of an island.
Kelchgefäß, –es, –e, *n.*, goblet.
kennen, **kannte**, **gekannt**, *t.*, know, be acquainted with; **— lernen**, become acquainted with.
Kerl, –s, –e, *m.*, fellow.
Kern, –es, –e, *m.*, kernel, meat.
Khas-El, –s, *m.*, proper name.
Kind, –es, –er, *n.*, child.
kitzeln, *t.*, tickle.
klaffen, *i.*, yawn.
Klage, –, –n, *f.*, complaint, lamentation.
Klagegeschrei, –es, *n.*, lamen-tation.
klagen, *i.*, complain.
klar, *adj. and adv.*, clear(ly).
klatschen, *i.*, clap.
Klaue, –, –n, *f.*, claw, talon.
Kleid, –es, –er, *n.*, dress, suit.
kleiden, *t.*, clothe, dress.
klein, *adj.*, small, little.
Kleinod, –es, –e, *n.*, jewel.
Klemme, –, –n, *f.*, vise.
klettern, *i., s.*, climb.
Klettern, –s, *n.*, climbing.

klopfen, t. and i., beat, clap.
Kluft, -, "e, f., chasm.
klug, adj., wise, prudent.
Knarre, -, -n, f., rattle.
Knarren, -s, n., creaking, rattle.
Knie, -s, -e, n., knee.
Knochen, -s, -, m., bone.
knüpfen, t., tie.
Köcher, -s, -, m., quiver.
Kohle, -, -n, f., coal.
kohlschwarz, adj., black as coal.
Kokosbaum, -es, "e, m., coconut tree.
Kokosnuß, -, "e, f., coconut.
Kokosöl, -es, -e, n., coconut oil.
Kokospalme, -, -en, f., coconut palm.
kommen, kam, o, i., ſ., come, go; zu ſich —, regain consciousness.
Komorin, -s, m., Cape Comorin, southern India.
König, -s, -e, m., king.
königlich, adj. and adv., royal (ly).
Königreich, -es, -e, n., kingdom.
Königsstadt, -, "e, f., capital.
Königstracht, -, -en, f., royal robe.
können, konnte, gekonnt, i., be able, can.
Kopf, -es, "e, m., head.
Kopfnicken, -s, n., nod.
Korn, -es, "er, n., grain.
Körper, -s, -, m., body.

kostbar, adj. and adv., precious, rich, expensive(ly), sumptuous(ly).
Kostbarkeit, -, -en, f., costliness, value; precious thing.
Kosten, f. pl., expenses.
köstlich, adj., delicious, precious.
Kraft, -, "e, f., strength, vitality.
kräftig, adj., powerful.
Krake, -n, -n, m., kraken, a fabled sea monster.
Kralle, -, -n, f., claw.
krank, adj., sick.
Krankheit, -, -en, f., sickness.
Kranz, -es, "e, m., wreath.
Kraut, -es, "er, n., herb.
Kreis, -es, -e, m., circle.
kreischen, i., scream, shriek.
kriechen, o, o, i., ſ., creep, crawl.
Kriegsheld, -en, -en, m., war hero, warrior.
Kristall', -s, -e, m., crystal.
kroch herum, see herumkriechen.
Krone, -, -n, f., crown.
Krug, -es, "e, m., pitcher.
krumm, adj., curved, crooked.
Küche, -, -n, f., kitchen.
Küchengerät, -(e)s, -e, n., kitchen utensil.
Kufa, -s, n., Cufa, a city on the Euphrates.
Kugel, -, -n, f., ball, globe.

Kuhhaar, –es, –e, n., cow hair.

kühl, adj., cool.

kühn, adj., bold.

Kühnheit, –, –en, f., boldness, courage.

Kummer, –s, m., grief.

kümmerlich, adj., needy, meager.

kümmern, refl., mind, pay attention to.

kundig, adj., aware of, familiar with.

künftig, adv., in future.

Kunst, –, *e, f., art, ingenuity.

kunstreich, adj., artistic.

Kürbis, –es, –e, m., gourd, pumpkin.

Kürbisflasche, –, –n, f., gourd bottle.

kurz, adj., short; adv., shortly, in short.

Küste, –, –n, f., shore.

L

laben, t., refresh.

Lächeln, –s, n., smile.

lachen, i., laugh.

laden, u, a, t., invite; load.

Ladung, –, –en, f., load, cargo.

lag, see **liegen.**

lag auf, see **aufliegen.**

Lage, –, –n, f., situation, condition.

lagern, i., camp; refl., settle one's self, lie down.

lag umher, see **umherliegen.**

Lämmergeier, –s, –, m., vulture.

Land, –es, *er, n., land, country.

landeinwärts, adv., inland, into the interior.

landen, i., s., land.

Länderei, –, –en, f., estate.

Landesprodukt, –es, –e, n., product of the land.

Landgut, –es, *er, n., estate.

Landseite, –, f., direction of the land.

lang(e), adj. and adv., long, for a long time.

Länge, –, –n, f., length.

längs, adv., longitudinally, the length of.

langsam, adj., slow, gradual.

längst, adv., a long time, long ago.

Lanze, –, –n, f., lance, spear.

lärmen, i., make an uproar, roar.

Lärmen, –s, n., roaring, uproar.

las, see **lesen.**

lassen, ie, a, t., let, order, cause to, allow, permit.

Last, –, –en, f., burden.

Lastträger, –s, –, m., porter.

lauern, i., lie in wait, watch.

laufen, ie, au, i., s., run.

laut, adj., loud; adv., aloud, loudly.

lauten, i., read, run.

lauter, adj., pure, mere; adv., nothing but, sheer.

leben, *i.*, live.

Leben, –s, –, *n.*, life.

lebendig, *adj.*, alive, active, lively; der Lebendige, living person *or* thing.

Lebensbedürfnis, –ses, –se, *n.*, necessity of life.

Lebensfreude, –, –n, *f.*, joy of life.

Lebensgefahr, –, –en, *f.*, danger of life.

Lebensmittel, –s, –, *n.*, provision, food.

Lebensunterhalt, –es, *m.*, livelihood.

lebhaft, *adv.*, vividly.

Leder, –s, *n.*, leather.

ledern, *adj.*, (of) leather.

leer, *adj.*, empty.

leeren, *t.*, empty.

legen, *t.*, lay, put, place; sich —, lie down; cease.

lehnen, *i.*, lean.

Leib, –es, –er, *m.*, body.

Leibesbeschaffenheit, –, –en, *f.*, physical constitution.

Leibeskraft, –, "e, *f.*, bodily strength, might and main.

Leibspeise, –, –n, *f.*, favorite dish.

Leibwache, –, –n, *f.*, body-guard.

Leiche, –, –n, *f.*, corpse, body.

Leichenbegängnis, –ses, –se, *n.*, funeral.

Leichengeruch, –es, "e, *m.*, cadaverous smell.

Leichenzug, –(e)s, "e, *m.*, funeral procession.

Leichnam, –s, –e, *m.*, corpse, body.

leicht, *adj.*, easy, slight; *adv.*, easily.

leichtsinnig, *adj. and adv.*, thoughtless(ly).

leiden, litt, gelitten, *t.*, suffer.

Leiden, –s, –, *n.*, suffering.

Leinwand, –, *f.*, linen.

lenken, *t.*, steer, guide.

lernen, *t.*, study, learn.

lesen, a, e, *t.*, read.

letzt, *adj.*, last.

leuchten, *i.*, shine, gleam.

Leute, *pl.*, people.

licht, *adj.*, bright, shining.

Licht, –es, –er, *n.*, light.

lichten, *t.*, clear; weigh (anchor).

lieb, *adj.*, dear.

Liebe, –, –schaften, *f.*, love.

lieben, *t.*, love.

lieber, *adv.*, rather.

lieb'=haben, hatte, gehabt, *t.*, love.

Lied, –es, –er, *n.*, song.

lief, *see* laufen.

lief davon, *see* davonlaufen.

lief durch, *see* durchlaufen.

lief ein, *see* einlaufen.

lief hin, *see* hinlaufen.

lief hinab, *see* hinablaufen.

lief hinaus, *see* hinauslaufen.

lief nach, *see* nachlaufen.

lief vorbei, *see* vorbeilaufen.

lief zu, *see* zulaufen.

liegen, a, e, *i.*, lie; vor Anker —, lie at anchor.

ließ, *see* laffen.
ließ ab, *see* ablaffen.
ließ los, *see* loslaffen.
Linke, –n, *f.*, left hand.
links, *adv.*, to the left.
Lift, –, –en, *f.*, cunning.
loben, *t.*, praise.
Lobeserhebung, –, –en, *f.*, praise.
Loch, –es, "er, *n.*, hole.
Los, –es, –e, *n.*, lot.
los, *adj.*, loose.
los'=binden, a, u, *t.*, untie.
löfen, *t.*, get in exchange, make (in money).
los'=laffen, ie, a, *t.*, let go.
los'=machen, *t.*, get rid (of, von).
Löwe, –n, –n, *m.*, lion.
lud, *see* laden.
lud ein, *see* einladen.
Luft, –, "e, *f.*, air.
Lumpen, –s, –, *m.*, rag.
Lust, –, *f.*, desire, pleasure.
Lustbarkeit, –, –en, *f.*, amusement.
luftig, *adj.*, joyful, gay.

M

machen, *t.*, make, do, take; — fich gleich daran, go at it straightaway.
Macht, –, "e, *f.*, might.
mächtig, *adj.*, powerful.
mag, *see* mögen.
Magen, –s, – and ", *m.*, stomach.

mager, *adj.*, thin.
Mahl, –es, –e, *n.*, Mahlzeit, –, –en, *f.*, meal, banquet.
Mahomed, –s, *m.*, Mohammed.
Mal, –es, –e, *n.*, time; mit einem —e, all at once.
man, *indef. pron.*, one, they.
manch, –er, –e, –es, *indef. pron.*, many a.
mancherlei, *adj.*, many, several, various.
manchmal, *adv.*, sometimes.
Mangel, –s, ", *m.*, want.
Mann, –es, "er, *m.*, man, husband.
mannichfaltig, *adj.*, various.
Mannschaft, –, –en, *f.*, crew.
Mark, –(e)s, *n.*, marrow, pulp.
mäßig, *adj. and adv.*, moderate(ly), frugal.
mäßigen, *t.*, moderate, restrain.
Mast, –es, –en, *m.*, mast.
mäften, *t.*, fatten, cram.
Mastkorb, –es, "e, *m.*, masthead, crow's nest.
Matrofe, –n, –n, *m.*, sailor.
Maul, –es, "er, *n.*, mouth (of an animal).
Mausloch, –es, "er, *n.*, mouse hole.
Medina, –s, *n.*, a city in Arabia.
Meer, –es, –e, *n.*, ocean, sea.
Meerbufen, –s, –, *m.*, gulf.
Meeresufer, –s, –, *n.*, seashore.

Meergreis, –es, –e, m., Old Man of the Sea.

Meertier, –es, –e, n., sea monster.

mehr, adj., more; adv., more, longer.

mehrere, adj., several, a number of.

mehrmals, adv., several times, repeatedly.

Meile, –, –n, f., mile.

mein, poss. pron., mine; —, —e, poss. adj., my.

meinen, t. and i., think, mean, say.

meinige (der, die, das), poss. pron., mine.

Meinung, –, –en, f., opinion.

meist (superl. of viel), adj. and adv., most.

Mekka, –s, n., Mecca, a city in Arabia, the birthplace of Mohammed.

Meldung, –, –en, f., information, report.

Menge, –, –n, f., quantity; crowd, multitude.

Mensch, –en, –en, m., man.

Menschenfresser, –s, –, m., man-eater, cannibal.

Menschengestalt, –, –en, f., shape of (a) man, human shape.

Menschenknochen, –s, –, m., human bones.

menschenleer, adj., uninhabited.

Menschenwohnung, –, –en, f., human habitation.

menschlich, adj., human.

merken, t. and i., notice.

merkwürdig, adj., remarkable.

Merkwürdigkeit, –, –en, f., remarkable sight.

Metzger, –s, –, m., butcher.

mich, acc. of ich.

mieten, t., lease, charter.

Mihrage, Mihraj, a proper name.

Milch, –, f., milk.

milchbläulich, adj., milky blue.

mild, adj., soft, gentle.

Minister, –s, –, m., minister, officer of state.

mißlich, adj., disagreeable, dangerous.

mißlingen, a, u, t., miscarry.

Mißverständnis, –ses, –se, n., misunderstanding.

mit, prep. w. dat., with; adv., together with, also.

mit'=begraben, u, a, t., bury.

mit'=bekommen, kam, o, t., receive as one's portion.

mit'=bringen, brachte, gebracht, t., bring along, take along.

Mitbürger, –s, –, m., fellow-citizen.

miteinander, adv., together.

mit'=geben, a, e, t., give (with it).

mit'=gehen, ging, gegangen, i., s., go along.

mitleidig, adj. and adv., compassionate(ly).

mit'=nehmen, a, genommen, *t.*, take along.

mit'=teilen, *t.*, impart.

Mittel, –8, –, *n.*, means.

mitten, *adv.*, — in, — auf, in the middle of.

mochte, möchte, *see* mögen.

mögen, mochte, gemocht, *i.*, may, can, be able.

möglich, *adj.*, possible.

Monat, –8, –e, *m.*, month.

Mond, –e8, –e, *m.*, moon; month.

morgen, *adv.*, to-morrow.

Morgen, –8, –, morning; Orient, East.

Morgenröte, –, –n, *f.*, morning glow, dawn.

Mousson, –8, *m.*, monsoon.

müde, *adj.*, tired.

Müdigkeit, –, *f.*, fatigue.

Mühe, –, –n, *f.*, trouble, difficulty.

Mühseligkeit, –, –en, *f.*, hardship, inconvenience.

Mund, –e8, –e, *m.*, mouth.

munter, *adj.*, cheerful, lively.

Musik', –, *f.*, music.

Muskat'nuß, –, ⁿe, *f.*, nutmeg.

müssen, mußte, gemußt, *i.*, be obliged to, be compelled to, must.

müßig, *adj. and adv.*, idle.

Mut, –e8, *m.*, courage.

Muttersprache, –, –n, *f.*, native tongue.

Mutwillen, –8, *m.*, petulance.

N

nach, *prep. w. dat.*, after, to, towards, for; — und —, little by little, gradually.

nach, *prep. w. dat.*, after, to.

nach'=ahmen, *t.*, imitate.

Nachbar, –8, –n, *m.*, neighbor.

nach'=befühlen, *t.*, touch, feel of.

nachdem, *conj.*, after; according as.

nach'=gehen, ging, gegangen, *i.*, *f.*, follow, attend to.

nach'=jagen, *t.*, chase after.

nach'=laufen, ie, au, *i.*, *f.*, run after, follow.

Nachricht, –, –en, *f.*, news.

nach'=rufen, ie, u, *t.*, call after.

nach'=sagen, *t.*, speak (well or ill) of, say of, reproach.

nach'=schwimmen, a, o, *i.*, *f.*, float down.

nach'=sinken, a, u, *i.*, *f.*, sink with.

nächst (*superl.* of nahe), *adj. and adv.*, nearest, next.

Nachstellung, –, –en, *f.*, pursuit.

Nacht, –, ⁿe, *f.*, night; des Nachts, during the night.

nach'=tragen, u, a, *t.*, carry after.

nach'=ziehen, zog, gezogen, *t.*, pull over.

nackend, *adj.*, naked.

Nagel, –s, ", *m.,* nail.

nahe, *adj. and adv.,* near, near-by.

Nähe, –, –n, *f.,* neighborhood, vicinity.

nä'her=kommen, kam, o, *i., f.,* come nearer.

nähern, *refl., w. dat.,* draw near, approach.

nahm, *see* **nehmen.**

nahm an, *see* **annehmen.**

nahm auf, *see* **aufnehmen.**

nahm zu, *see* **zunehmen.**

nähren, *t.,* nourish.

Nahrungsmittel, –s, –, *n.,* means of sustenance.

Name, –ns, –n, *m.,* name.

nämlich, *adj.,* same.

nannte, *see* **nennen.**

Nase, –, –n, *f.,* nose.

Nashorn, –s, "er, *n.,* rhinoceros.

natürlich, *adj.,* natural.

neben, *prep. w. dat. and acc.,* beside, by.

nebenbei, *adv.,* besides, in addition.

nebeneinander, *adv.,* next to each other.

nebst, *prep. w. dat.,* beside.

nehmen, a, genommen, *t.,* take.

neigen, *refl.,* bend low, sink.

nein, *adv.,* no.

nennen, nannte, genannt, *t.,* call, name.

Nest, –es, –er, *n.,* nest, eyrie.

neu, *adj.,* new; von —em, anew; aufs —e, anew.

Neugier, –, *f.,* curiosity.

neugierig, *adj. and adv.,* curious(ly).

neun, *num.,* nine.

nicht, *adv.,* not.

nichts, *indef. pron.,* nothing.

nicken, *i.,* nod.

nie, *adv.,* never.

nieder, *adv.,* down.

nie'der=lassen, ie, a, *t.,* lower; häuslich —, settle.

nie'der=legen, *t.,* put down; *refl.,* lie down.

nie'der=schlagen, u, a, *t.,* cast down.

nie'der=schreiben, ie, ie, *t.,* write down.

nie'der=setzen, *refl.,* alight; sit down.

nie'der=sinken, a, u, *i., f.,* sink down.

nie'der=strecken, *refl.,* stretch out.

nie'der=stürzen, *i., f.,* fall down, tumble down.

nie'der=werfen, a, o, *t.,* prostrate one's self.

niedrig, *adj.,* low.

niemand, *pron.,* nobody, none.

nimm, *imperat. of* **nehmen.**

nirgend, nirgends, *adv.,* nowhere.

noch, *adv.,* still, yet, more; kein ... —, neither ... nor.

nochmals, *adv.,* again.

Not, –, "en, *f.,* trouble.

not'dürftig, *adj.,* necessary.

notgedrungen, *adj.*, forced by dire need, under compulsion.
nötig, *adj.*, necessary; — haben, need.
nötigen, *t.*, compel, coax, invite.
nun, *adv.*, now; well.
nur, *adv.*, only, but.
Nutzen, –s, *m.*, use, usefulness.
nützen, *i.*, *w. dat.*, help, to be useful.

O

O, *interj.*, O, oh.
ob, *conj.*, if, whether.
oben, *adv.*, above, on top.
obenan', *adv.*, at the head.
obere, *adj.*, upper, higher.
oberst, *adj.*, highest, supreme, chief.
obgleich', *conj.*, although.
obschon', *conj.*, although.
Obst, –es, *n.*, fruit.
Obstgarten, –s, –, *m.*, orchard.
ob'-walten, *i.*, prevail, exist.
Ochs, –en, –en, *m.*, ox.
oder, *conj.*, or.
offen, *adj.*, open.
öffnen, *t.*, open.
Öffnung, –, –en, *f.*, opening.
oft, *adv.*, often.
ohne, *prep. w. acc. or inf.*, without.
ohnehin', *adv.*, besides, moreover, as it was.

Ohnmacht, –, –en, *f.*, swoon.
Ohr, –es, –en, *n.*, ear.
Ohrgehänge, –es, –e, *n.*, earring.
ordentlich, *adj.*, substantial; *adv.*, really, regularly.
ordnen, *t.*, arrange.
Ort, –es, –e, *m.*, place.

P

Paar, –(e)s, –e, *n.*, pair, couple; ein paar, a few.
paarmal, *adv.*, a couple of times.
Päckchen, –s, –, *n.*, (little) package.
packen, *t.*, seize, pack.
Palast', –es, "e, *m.*, palace.
Palmbaum, –es, "e, *m.*, palm tree.
pechschwarz, *adj.*, black as pitch.
Perle, –, –n, *f.*, pearl.
Perlenfang, –es, *m.*, pearl fishing.
Persien, –s, *n.*, Persia.
persisch, *adj.*, Persian.
Pfahl, –es, "e, *m.*, stake.
Pfeffer, –s, *m.*, pepper.
Pfefferkorn, –es, "er, *n.*, peppercorn.
Pfeil, –es, –e, *m.*, arrow.
pfeilschnell, *adj.*, swift as an arrow
Pferd, –es, –e, *n.*, horse.
Pferdemaul, –es, "er, *n.*, horse's mouth.
Pflanze, –, –n, *f.*, plant.

pflegen, *i.*, be accustomed.
Pflicht, –, –en, *f.*, duty.
pflücken, *t.*, pluck, gather.
Pforte, –, –n, *f.*, portal, gate;
government.
picken, *i.*, peck.
Plage, –, –n, *f.*, torment.
Platz, –es, ˮe, *m.*, seat;
place; square.
plötzlich, *adv.*, suddenly.
polstern, *t.*, stuff, pad.
Pracht, –, *f.*, magnificence,
splendor.
Prachtgewand, –es, ˮer *or*
–e, *n.*, magnificent gar-
ment.
prächtig, *adj. and adv.*, mag-
nificent(ly).
prachtvoll, *adj.*, magnificent,
gorgeous.
preis'-geben, a, e, *t.*, expose.
Produkt', –es, –e, *n.*, product,
crop.
Prozeß', –es, –e, *m.*, process,
lawsuit, trial.
Punkt, –es, –e, *m.*, point, spot.
pünktlich, *adj. and adv.*,
punctual(ly), precise(ly),
accurate, scrupulous(ly).

Q

quälen, *t.*, torment.
Quelle, –, –n, *f.*, spring.
Quellenbächlein, –s, –, *n.*,
little brook.
Quellwasser, –s, –, *n.*, spring
water.

R

Rachen, –s, –, *m.*, jaws (of
beasts).
rächen, *t.*, avenge.
ragen, *i.*, reach (up).
Rand, –es, ˮer, *m.*, edge.
rang, *see* ringen.
Rang, –es, ˮe, *m.*, rank.
rannte, *see* rennen.
rannte davon, *see* davonrennen.
rasch, *adj.*, quick; strong,
heady (wine); *adv.*, quick
(ly), rapidly.
rasen, *i.*, rave, rage.
Rasen, –s, –, *m.*, grass,
turf, meadow.
rasseln, *i.*, rattle.
Rat, –es, –schläge, *m.*, coun-
sel, advice.
raten, ie, a, *t. and i.*, coun-
sel, advise.
Raub, –es, *m.*, prey.
rauben, *t. and i.*, rob, plun-
der.
rauchen, *i.*, smoke.
Räucherwerk, –es, *n.*, incense.
räumen, *t.*, remove, put out
of the way.
Rausch, –es, ˮe, *m.*, drunken-
ness, intoxication.
rauschen, *i.*, roar, rush.
recht, *adj.*, right; *adv.*, very,
right(ly), properly.
Recht, –es, –e, *n.*, right;
recht haben, be right.
Rechte, –n, *f.*, right hand.
rechts, *adv.*, to the right.

Rede, –, –n, *f.*, speech; **zur — stellen**, call to account.

reden, *i.*, speak, talk.

redlich, *adj.*, honest.

regen, *t.*, move; *refl.*, stir.

Regiment', –es, –er, *n.*, sway, dominion, rule.

reich, *adj. and adv.*, rich(ly).

Reich, –es, –e, *n.*, kingdom, empire.

reichen, *t.*, give, bestow.

reichlich, *adv.*, amply, plentifully.

Reichtum, –s, ⁂er, *m.*, fortune, riches.

reif, *adj.*, ripe.

Reihe, –, –n, *f.*, line, train.

rein, *adj.*, clean.

reinlich, *adj.*, clean.

Reis, –es, *m.*, rice.

Reise, –, –n, *f.*, voyage, journey.

Reiseabenteuer, –s, –, *n.*, adventure (on a journey).

Reisebeutel, –s, –, *m.*, knapsack.

reisefertig, *adj.*, ready to leave.

Reisegefährte, –n, –n, *m.*, fellow-traveler.

Reisegesellschaft, –, –en, *f.*, band of travelers.

Reiselust, –, *f.*, love of traveling.

reisen, *i.*, *s. and* h., travel, journey; sail.

Reisende, –n, –n, *m.*, traveler.

reißen, i, i, *t.*, tear, pull; undeceive.

reißend, *adj.*, rapid.

reiten, ritt, geritten, *i.*, *s.*, ride, go on horseback.

Reiter, –s, –, *m.*, rider.

Reitknecht, –es, –e, *m.*, groom.

Reitzeug, –es, *n.*, riding equipment.

reizen, *t.*, charm, tempt.

reizend, *adj.*, charming, attractive, alluring.

rennen, rannte, gerannt, *i.*, *s.*, run.

Rest, –es, –e, *m.*, remainder.

retten, *t.*, save; **sich —**, escape.

Rettung, –, *f.*, salvation, rescue.

richten, *t.*, direct.

Richter, –s, –, *m.*, judge.

Richtung, –, –en, *f.*, direction.

rief, *see* **rufen**.

rief aus, *see* **ausrufen**.

rief nach, *see* **nachrufen**.

rief zu, *see* **zurufen**.

Riemen, –s, –, *m.*, strap.

Riese, –n, –n, *m.*, giant.

Rieseln, –s, *n.*, bubbling, rippling.

riesengroß, *adj.*, gigantic.

Riesenvogel, –s, ⁂, *m.*, giant bird.

riesig, *adj. and adv.*, gigantic; enormous(ly).

riet, *see* **raten**.

Ring, –es, –e, *m.*, ring.

ringen, a, u, *t.*, wring (hands); *i.*, struggle, battle.

ringsherum', **ringsum'**, *adv.*, round about, all around.

Rippenstoß, –es, ⁼e, *m.*, kick in the ribs.

riß, *see* **reißen**.

riß ab, *see* **abreißen**.

riß auf, *see* **aufreißen**.

riß fort, *see* **fortreißen**.

riß herunter, *see* **herunter-reißen**.

ritt, *see* **reiten**.

ritt aus, *see* **ausreiten**.

ritt zurück, *see* **zurückreiten**.

Rock, –es, *m.*, roc, a mythical bird.

Rockei, –es, –er, *n.*, roc's egg.

roh, *adj.*, raw.

Roha, –s, *n.*, an island.

rollen, *i.*, *f.*, roll.

Rosenwasser, –s, –, *n.*, rose-water.

rot, *adj.*, red.

rötlich, *adj.*, reddish.

Rubin', –es, –e, *m.*, ruby.

Rubin'dach, –es, ⁼er, *n.*, roof of rubies.

Rücken, –s, –, *m.*, back.

Rückreise, –, –n, *f.*, return journey.

Rückweg, –es, –e, *m.*, way back.

Ruder, –s, –, *n.*, oar.

rudern, *i.*, row.

Rudern, –s, *n.*, rowing.

Ruf, –es, –e, *m.*, cry, call.

rufen, ie, u, *t. and i.*, call; — **lassen**, call for.

Ruhe, –, *f.*, peace, repose.

Ruhebett, –es, –en, *n.*, couch.

ruhen, *i.*, rest.

ruhig, *adj. and adv.*, quiet(ly), calm(ly), peaceful.

Ruhm, –es, *m.*, fame, renown.

rühmen, *t.*, extol, praise; *refl.*, boast.

rühren, *t.*, move; touch.

rumo'ren, *i.*, make a noise, make a rumpus.

rund, *adj.*, round.

Rüssel, –s, –, *m.*, trunk (of an elephant).

S

Saal, –(e)s, **Säle**, *m.*, hall, room.

Sack, –es, ⁼e, *m.*, bag, sack.

Saffian, –s, *m.*, morocco leather.

Saft, –es, ⁼e, *m.*, juice.

sagen, *tr.*, say.

sah, *see* **sehen**.

sah an, *see* **ansehen**.

sah entgegen, *see* **entgegen-sehen**.

sah hinaus, *see* **hinaussehen**.

sah hinüber, *see* **hinüber-sehen**.

sah um, *see* **umsehen**.

sah umher, *see* **umhersehen**.

Salahat, –s, *n.*, an island.

Salomo, –s, *m.*, Solomon.

sammeln, *t.*, collect, gather.

Sandbank, –, ⁼e, *f.*, sand bank, sand bar.

Sandelholz, –es, *n.*, sandal wood.

Sandhügel, –s, –, m., sand hill.

sanft, *adj.*, gentle.

sang, *see* singen.

Sänger, –s, –, m., Sängerin –, –nen, f., singer.

sank, *see* sinken.

sank nieder, *see* niedersinken.

sann, *see* sinnen.

Sarg, –es, "e, m., coffin.

saß, *see* sitzen.

Sattel, –s, ", m., saddle.

satteln, t., saddle.

sättigen, t., satisfy, feed.

Satz, –es, "e, m., leap, jump.

Säule, –, –n, f., pillar, staff.

sausen, i., rush, whistle.

Schaden, –s, ", m., damage; — nehmen, be damaged.

schaffen, schuf, a, t., make, create.

Schale, –, –n, f., shell.

Schaluppe, –, –n, f., sloop; long boat.

schamlos, *adj.*, shameless.

scharf, *adj. and adv.*, sharp, keenly.

scharlachrot, *adj.*, scarlet red.

Schatten, –s, –, m., shade.

Schattenbild, –es, –er, n., phantom.

Schatz, –es, "e, m., treasure, treasury.

Schatzkammer, –, –n, f., treasure vault, treasury.

Schauer, –s, –, m., shudder.

scheinen, ie, ie, i., shine, seem, look like.

Scheit, –es, –e, n., log.

scheitern, i., f., founder.

schelten, a, o, t., scold, abuse.

Schenkel, –s, –, m., thigh, leg.

schenken, t., present, make a present (of), give.

Schenktisch, –es, –e, m., sideboard.

scheu, *adj.*, shy, afraid, frightened.

schicken, t., send; *refl.*, be fitted (for, zu).

Schicksal, –s, –e, n., fate, fortune, lot.

schieben, o, o, t., push, shove.

schielen, i., cast furtive glances.

schien, *see* scheinen.

schießen, o, o, t. *and* i., shoot.

Schiff, –es, –e, n., ship, vessel.

Schiffbruch, –es, "e, m., shipwreck.

schiffen, t. *and* i., sail.

Schiffer, –s, –, m., skipper.

Schiffsgesellschaft, –, –en, f., ship's company, crew.

Schiffskapitän, –s, –e, m., captain.

Schiffsmannschaft, –, –en, f., crew.

Schildkröte, –, –n, f., turtle.

Schilfrohr, –es, –e, n., reed, reeds.

Schimmer, –s, –, m., luster, glow.

schimmern, i., sparkle.

schlachten, t., kill.

Schlaf, –es, *m.*, sleep.

schlafen, ie, a, i., sleep.

Schlafen, –s, *n.*, sleeping, sleep.

schlagen, u, a, *t.*, beat, strike.

schlammig, *adj.*, slimy, miry.

Schlange, –, –n, *f.*, snake, serpent.

schlängeln, *refl.*, twist, wind.

Schlangenhaut, –, "e, *f.*, snake skin.

schlecht, *adj. and adv.*, bad (ly), wretched, poor.

schleifen, schliff, geschliffen, *t.*, grind, cut, polish.

schleppen, *t.*, drag, carry.

schleudern, *t.*, fling.

schleußen, *old form of* schlie= ßen.

schlief, *see* schlafen.

schlief ein, *see* einschlafen.

schlief hinein, *see* hineinschla= fen.

schließen, o, o, *t.*, lock, close, finish.

schlimm, *adj.*, bad, dangerous.

schlingen, a, u, *t.*, wind.

Schlosser, –s, –, *m.*, lock- smith.

schlucken, *t.*, swallow.

schlug, *see* schlagen.

schlug nieder, *see* nieder= schlagen.

schlug zusammen, *see* zusam= menschlagen.

schlummern, *i.*, slumber, sleep.

Schlupfwinkel, –s, –, *m.*, hid- ing-place.

Schmatzen, –s, *n.*, smacking (of lips).

Schmaus, –es, "e, *m.*, banquet.

schmecken, *t. and i.*, taste; — lassen, make a hearty meal (of).

Schmergel, –s, *m.*, emery.

Schmetterling, –s, –e, *m.*, butterfly.

schmettern, *t.*, dash.

schmieden, *t.*, forge.

schmiegen, *refl.*, press close (to, an); hide.

Schmuck, –es, *m.*, ornaments.

schmücken, *t.*, adorn.

schmutzig, *adj.*, dirty; — ma= chen, soil.

Schnabel, –s, ", *m.*, beak.

Schnalle, –, –n, *f.*, buckle.

schnarchen, *i.*, snore.

schnauben, o, o, *or weak, i.*, snort.

schneeweiß, *adj.*, snow-white.

schneiden, schnitt, geschnitten, *t.*, cut.

schnell, *adj. and adv.*, quick (ly).

Schnelle, –, *f.*, quickness, speed.

Schnelligkeit, –, –en, *f.*, speed.

schnob an, *see* anschnauben.

schob, *see* schieben.

schon, *adv.*, already, even.

schön, *adj.*, beautiful, fine, large.

Schönheit, –, –en, *f.*, beauty.

Schopf, –es, "e, *m.*, tuft of hair, head of hair.

Schornstein, –s, –e, m., chimney, flue.

schoß, *see* schießen.

schoß herab, *see* herabschießen.

schoß zu, *see* zuschießen.

Schrecken, –s, –, m., terror.

schrecklich, *adj. and adv.*, terrible, terribly, frightful (ly).

Schreiber, –s, –, m., secretary, clerk.

schreien, ie, ie, *t. and i.*, cry, scream.

Schreien, –s, n., cries.

schrie, *see* schreien.

Schritt, –es, –e, m., pace, step.

schroff, *adj.*, precipitous.

Schüchternheit, –, –en, f., embarrassment.

Schuh, –es, –e, m., shoe, boot.

Schuld, –, –en, f., fault, blame.

schuldig, *adj.*, indebted; — sein, owe.

Schulter, –, –n, f., shoulder.

Schuppe, –, –n, f., scale.

Schüssel, –, –n, f., dish, bowl.

schütteln, t., shake.

Schütteln, –s, n., shaking.

Schutz, –es, m., protection.

schützen, t., protect.

schwach, *adj.*, weak.

schwächlich, *adj.*, weakly, sickly.

schwamm, *see* schwimmen.

schwamm herbei, *see* herbeischwimmen.

schwamm hinüber, *see* hinüberschwimmen.

schwang, *see* schwingen.

schwanken, i., reel, stagger.

Schwarm, –es, "e, m., swarm, crowd.

schwarz, *adj.*, black.

Schwarze, –n, –n, m., negro.

schweben, i., soar, float, be.

schweigend, *adj. and adv.*, silent(ly).

Schwein, –es, –e, n., pig, hog.

schwenken, t., rinse.

schwer, *adj. and adv.*, heavy, heavily.

schwimmen, a, o, i., h. and f., swim; die Schwimmenden, the swimmers.

Schwimmen, –s, n., swimming.

Schwinge, –, –n, f., wing.

schwingen, a, u, i., swing.

sechs, *num.*, six.

sechst, *adj.*, sixth.

See, –, –n, f., ocean, sea.

Seefahrer, –s, –, m., sailor.

Seele, –, –n, f., soul.

Seemann, –es, –leute, m., sailor.

Seemuschel, –, –n, f., shell, conch.

Seeräuber, –s, –, m., pirate.

Seereise, –, –n, f., sea voyage.

Seestadt, –, "e, f., seaport.

Seetier, –es, –e, n., sea animal.

Seeungeheuer, –s, –, *n.,* sea monster.

Segel, –s, –, *n.,* sail.

segeln, *i., h. and s.,* sail.

segnen, *t.,* bless.

sehen, a, e, *t.,* see, look.

Sehen, –s, *n.,* sight.

Sehnsucht, –, *f.,* longing.

sehr, *adv.,* very, very much, greatly.

Seil, –es, –e, *n.,* rope.

sein, *poss. adj. and pron.,* his, its.

sein, war, gewesen, *i., s.,* be, exist.

seinige (der, die, das), *poss. pron.,* his, its.

seit, *conj.,* since.

Seite, –, –n, *f.,* side, direction.

selbst, *adv.,* even; *pron.,* self, itself, *etc.*

selten, *adj.,* rare.

Seltenheit, –, –en, *f.,* rarity, rare thing.

senden, sandte, gesandt, *t.,* send.

Sendung, –, –en, *f.,* mission.

senken, *t.,* let down, lower.

senkrecht, *adj.,* perpendicular.

Serendib, –s, *n.,* Ceylon.

setzen, *t.,* set, put; *refl.,* sit down.

Seufzen, –s, *n.,* sigh, groan.

sich, *refl. pron.,* himself, herself, itself, themselves.

sicher, *adj. and adv.,* safe, surely.

sichern, *t.,* protect, secure.

sie, *pron.,* she, they.

sieben, *num.,* seven.

siebenmal, *adv.,* seven times.

siebent, *adj.,* seventh.

silbern, *adj.,* of silver.

Sinbad, –s, *m.,* proper name.

singen, a, u, *t.,* sing.

sinken, a, u, *i., s.,* sink.

Sinn, –es, –e, *m.,* sense, mind.

sinnen, a, o, *i.,* think, meditate.

sinnlos, *adj.,* senseless.

Sitte, –, –n, *f.,* custom.

sitzen, saß, gesessen, *i.,* sit; — bleiben, keep one's seat; **die Sitzenden,** those sitting down.

Sklave, –n, –n, *m.,* **Sklavin,** –, –nen, *f.,* slave.

Sklavenkleid, –es, –er, *n.,* slave's dress.

Smaragd', –s, –e, *m.,* emerald.

so, *adv.,* so, then; *conj.,* when, if; — **gut,** as well as.

sobald', *conj.,* as soon as.

sodann', *adv.,* then, in that case.

sogar', *adv.,* even.

sogleich', *adv.,* at once, instantly.

Sohn, –es, "e, *m.,* son.

solange, *conj.,* as long as.

solch, –er, –e, –es, *adj. and pron.,* such, such a one.

Sold, –es, *m.,* pay, employment.

ſollen, *i.*, shall, must; be said to.

ſonderbar, *adj.*, strange.

ſondern, *conj.*, but.

Sonne, –, –n, *f.*, sun.

Sonnenſtrahl, –s, –en, *m.*, sunbeam, ray of sunlight.

ſonſt, *adv.*, usually; otherwise.

Sorge, –, –n, *f.*, care, anxiety.

ſorgen, *i.*, care for, take care of (für).

ſorgenlos, *adj.*, care-free.

ſorgfältig, *adj. and adv.*, careful.

Spalt, –es, –en, *m.*, crevice, cleft.

ſpaßen, *i.*, joke.

ſpät, *adj. and adv.*, late.

Speiſe, –, –n, *f.*, food.

Speiſeſaal, –s, –ſäle, *m.*, dining hall.

ſperren, *t.*, spread open.

Spiel, –s, –e, *n.*, game, sport.

Spieß, –es, –e, *m.*, spit; spear.

Spitzbube, –n, –n, *m.*, rascal, thief, swindler.

Spitze, –, –n, *f.*, point, top.

Spitzfindigkeit, –, –en, *f.*, subtlety, sharp trick.

ſpornen, *t.*, spur.

ſpotten, *i.*, *w. gen.*, mock.

ſprach, *see* ſprechen.

Sprache, –, –n, *f.*, language.

ſprang, *see* ſpringen.

ſprang auf, *see* aufſpringen.

ſprang zurück, *see* zurückſpringen.

ſprechen, a, o, *t. and i.*, say, speak.

ſpringen, a, u, i, *ſ.*, spring, jump.

ſpülen, *t.*, wash up.

Spur, –, –en, *f.*, track; evidence, sign.

ſpüren, *t.*, feel, notice.

Staat, –es, –en, *m.*, state, dominion.

Stab, –es, ᵉe, *m.*, staff.

ſtach, *see* ſtechen.

Stadt, –, ᵉe, *f.*, city, town.

Stamm, –es, ᵉe, *m.*, trunk (of a tree).

ſtampfen, *i.*, stamp.

ſtand, *see* ſtehen.

Stand, –es, ᵉe, *m.*, condition.

ſtand auf, *see* aufſtehen.

ſtand aus, *see* ausſtehen.

ſtand her, *see* herſtehen.

ſtand hervor, *see* hervorſtehen.

ſtarb, *see* ſterben.

ſtark, *adj.*, strong, powerful; great.

ſtärken, *t.*, strengthen.

Stärkung, –, –en, *f.*, invigoration, refreshment.

ſtatt, *prep. w. gen.*, instead of.

ſtatten, von — gehen, go on well, prosper.

ſtattlich, *adj.*, stately.

Staube, –, –n, *f.*, shrub.

Staunen, –s, *n.*, astonishment.

stechen, a, o, *t.*, stab, pierce;
i., in die See —, put to sea.
stecken, *t.*, stick; zu sich —,
 put into one's pocket; *i.*,
 stick fast; — bleiben, stick
 fast.
stehen, stand, gestanden, *i., f.*,
 stand, be, find one's self;
 — bleiben, stop.
stehlen, a, o, *t.*, steal.
Steigbügel, –s, –, *m.*, stirrup.
steigen, ie, ie, *i., f.*, climb;
 mount, go; ans Land —,
 go ashore.
steil, *adj.*, steep.
Stein, –es, –e, *m.*, stone.
Steinplatte, –, –n, *f.*, stone
 slab, flag.
Steinwurf, –es, "e, *m.*, stone
 throwing.
Stelle, –, –n, *f.*, place.
stellen, *t.*, place, put: *refl.*,
 pretend to be.
stemmen, *t.*, plant, set, place.
sterben, a, o, i., *f.*, die.
Steuer, –s, –, *n.*, rudder.
Steuermann, –es, –leute, *m.*,
 helmsman, navigator, mate.
steuern, *t. and i.*, steer.
stieg, *see* steigen.
stieg ab, *see* absteigen.
stieg aus, *see* aussteigen.
stieg empor, *see* emporstei-
 gen.
stieg herab, *see* herabsteigen.
stieg hinauf, *see* hinaufsteigen.
stieg weg, *see* wegsteigen.
stieß, *see* stoßen.

stieß an, *see* anstoßen.
stieß auf, *see* aufstoßen.
Stiftung, –, –en, *f.*, endow-
 ment.
stillen, *t.*, quench, satisfy.
Stimme, –, –n, *f.*, voice.
Stirne, –, –n, *f.*, forehead.
Stock, –es, "e, *m.*, stem, stick.
stockfinster, *adj.*, pitch-dark,
 gloomy.
Stoff, –es, –e, *m.*, cloth.
stoßen, ie, o, *t.*, strike, thrust,
 push.
strahlen, *i.*, shine, beam,
 sparkle.
Strand, –es, –e, *m.*, seashore.
stranden, i., *f.*, be stranded.
Straße, –, –n, *f.*, street.
Strauch, –es, "er, *m.*, bush.
Strecke, –, –n, *f.*, distance.
strecken, *t.*, stretch; *refl.*, lie
 down.
streichen, i, i, *t. and i.*, pass
 the hand over; furl, lower.
strich, *see* streichen.
Strick, –es, –e, *m.*, rope, cord.
Strom, –es, "e, *m.*, stream,
 current.
Strömung, –, –en, *f.*, tide,
 current, stream.
Stück, –es, –e, *n.*, piece;
 point, particular.
Stuhl, –es, "e, *m.*, chair.
stumm, *adj.*, mute.
stumpf, *adj.*, dull, apathetic.
Stunde, –, –n, *f.*, hour.
Sturm, –es, "e, *m.*, storm.
sturmbewegt, *adj.*, tempest-
 tossed.

Sturz, –es, ⁛e, *m.,* fall.

stürzen, *t.,* throw, cast; *i.,* ſ., fall.

stutzen, *i.,* be taken aback, be startled.

suchen, *t.,* seek, look for.

Suchen, –s, *n.,* searching, search, quest.

Sultan', –s, –e, *m.,* sultan.

Summe, –, –n, *f.,* sum.

Sünde, –, –n, *f.,* sin.

süß, *adj.,* sweet.

T

Tafel, –, –n, *f.,* table, dinner.

Tag, –es, –e, *m.,* day.

Tagereiſe, –, –n, *f.,* day's journey.

täglich, *adv.,* daily.

Tal, –es, ⁛er, *n.,* valley.

tappen, *i.,* h. *and* ſ., grope.

tat, *see* **tun.**

Tat, –, –en, *f.,* deed, fact.

Tau, –es, –e, *n.,* rope.

tauchen, *i.,* ſ., dip, dive.

Taucher, –s, –, *m.,* diver.

tauſend, *num.,* thousand.

Teil, –es, –e, *m.,* part, share; **zum —,** in part, partly.

teilen, *t.,* part, divide.

teils, *adv.,* partly.

teuer, *adj. and adv.,* dear.

Tharſus, *n.,* Tarsus, a city in Asia Minor.

Thron, –es, –e, *m.,* throne.

tief, *adj. and adv.,* deep(ly), far.

Tier, –es, –e, *n.,* animal.

Tiſch, –es, –e, *m.,* table; dinner.

toben, *i.,* rave, rage.

Tod, –es, *m.,* death.

Todesart, –, –en, *f.,* manner of death.

Todesfurcht, –, *f.,* fear of death.

Todesgefahr, –, –en, *f.,* in **— ſchweben,** be in danger of death.

toll, *adj.,* crazy; **der Tolle,** the crazy man.

Ton, –(e)s, ⁛e, *m.,* sound, tone.

tot, *adj.,* dead; **der Tote,** dead person *or* thing.

töten, *t.,* kill.

Totengebeine, *pl.,* bones of the dead, skeletons.

Trab, –es, *m.,* trot.

traben, *i.,* h. *and* ſ., trot.

traf, *see* **treffen.**

traf an, *see* **antreffen.**

tragen, u, a, *t.,* carry, bear, wear.

Träger, –s, –, *m.,* bearer, carrier.

Träne, –, –n, *f.,* tear.

trank, *see* **trinken.**

Trank, –es, *m.,* drink, beverage.

trat, *see* **treten.**

trat herum, *see* **herumtreten.**

Traube, –, –n, *f.,* grape, bunch of grapes.

Traubenſtock, –s, ⁛e, *m.,* grapevine.

trauen, *i.,* w. *dat.,* trust.

Trauer, –, *f.*, grief, mourning.

traurig, *adj. and adv.*, sad (ly).

Traurigkeit, –, *f.*, sadness.

treffen, traf, o, *t.*, hit; meet.

trefflich, *adj.*, excellent.

treiben, ie, ie, *t.*, drive, do, be doing.

Treibholz, –es, ″er, *n.*, driftwood.

treten, a, e, i, ſ., go, step; — in, enter.

treu, *adj.*, faithful.

trieb, *see* **treiben.**

Trieb, –es, –e, *m.*, impulse, inclination.

trieb hinaus, *see* **hinaustreiben.**

trinken, a, u, *t.*, drink.

Tritt, –es, –e, *m.*, step, footstep.

trocken, *adj.*, dry.

trösten, *t.*, console.

trug, *see* **tragen.**

trug auf, *see* **auftragen.**

trug fort, *see* **forttragen.**

trug nach, *see* **nachtragen.**

trug weg, *see* **wegtragen.**

Trümmer, *n. pl.*, fragments.

Trunk, –es, *m.*, drink.

Trupp, –(e)s, –s, *m.*, band, herd.

Tuch, –es, ″er, *n.*, cloth.

tüchtig, *adv.*, diligently, hard.

tun, tat, a, *t. and i.*, do, make, put (a question).

Turban, –s, –e, *m.*, turban.

Türe, –, –n, *f.*, door, gate.

U

üben, *t.*, exercise.

über, *prep. w. dat. and acc.*, over, on, at.

ü'ber=bleiben, ie, ie, i., ſ., remain, be left.

überbrin'gen, überbrachte, überbracht, *t.*, bring over, deliver.

überdies', *adv.*, moreover.

überdrüffig, *adj.*, tired, weary.

überfal'len, überfiel, a, *t.*, fall upon, overtake, surprise.

überfiel, *see* **überfallen.**

Überfluß, –es, *m.*, superabundance.

übergab, *see* **übergeben.**

überge'ben, a, e, *t.*, hand over, surrender.

ü'ber=gehen, ging, gegangen, i., ſ., change (to, in).

überging, *see* **übergehen.**

ü'ber=hangen, i, a, *t.*, overhang.

überhäu'fen, *t.*, overwhelm.

überhaupt', *adv.*, anyway.

überhing, *see* **überhangen.**

überlaf'fen, ie, a, *t.*, leave, relinquish, give up; *refl.*, give one's self up to.

überläftig, *adj.*, burdensome.

überle'ben, *t.*, survive.

überlie'fern, *t.*, hand over.

überließ, *see* **überlaffen.**

übermäßig, *adj. and adv.*, extreme(ly), excessive(ly).

überneh'men, a, übernom=
men, *t.*, take charge of,
take in hand.
überrasch'en, *t.*, surprise.
überrei'chen, *t.*, hand over,
deliver.
übers = **über das.**
überste'hen, überstand, über=
standen, *t.*, surmount, endure.
übertra'gen, u, a, *t.*, trans-
fer, assign.
übertref'fen, übertraf, o, *t.*,
surpass.
übertrei'ben, ie, ie, *t.*, exag-
gerate.
übertrieb, *see* **übertreiben.**
überwie'gen, o, o, *t.*, out-
weigh.
überwog, *see* **überwiegen.**
überzeu'gen, *t.*, convince.
überzie'hen, überzog, überzo=
gen, *t.*, cover; *refl.*, be
overcast.
überzog, *see* **überziehen.**
übrig, *adj.*, left, remaining;
die Übrigen, the others.
übrigens, *adv.*, by the way.
Ufer, –8, –, *n.*, shore, bank.
um, *prep. w. acc.*, for, at,
about, after; *adv.*, — ...
her, around; *conj.*, in
order to.
umarmen, *t.*, embrace.
um'=fallen, fiel, a, *i.*, f., fall
over, fall to the ground.
Umfang, –e8, *m.*, circumfer-
ence.
umfassen, *t.*, clasp, seize.

umfiel, *see* **umfallen.**
umgab, *see* **umgeben.**
umgeben, a, e, *t.*, surround.
Umgebung, –, –en, *f.*, sur-
roundings, neighborhood,
environs.
umher', *adv.*, around, about.
umher'=blicken, *i.*, look
around.
umherlag, *see* **umherliegen.**
umher'=lagern, *refl.*, lie
about.
umher'=laufen, ie, au, *i.*, f.,
run about.
umher'=liegen, a, e, *i.*, lie
scattered about.
umher'=sammeln, *t.*, gather.
umher'=sehen, a, e, *i.*, look
around *or* about.
umher'=springen, a, u, *i.*,
leap, jump around.
umher'=tappen, *i.*, feel around.
umher'=wandeln, *i.*, f., wander about, roam.
um'=kehren, *i.*, f., turn
around, return, turn back.
umklammern, *t.*, embrace,
clasp.
umkleiden, *t.*, wrap, enwrap,
cover.
umringen, *t.*, surround.
umsank, *see* **umsinken.**
umschlang, *see* **umschlingen.**
umschließen, o, o, *t.*, surround.
umschlingen, a, u, *t.*, clasp,
embrace.
um'=sehen, a, e, *refl.*, look
around.

um'=setzen, *t.*, exchange.
um'=sinken, a, u, *i.*, *s.*, sink down.
Umstand, –es, ⁰e, *m.*, particular, circumstance.
um'=tauschen, *t.*, exchange.
um'=wenden, wandte, ge= wandt, *t.*, turn about.
umzäunt, *adj.*, fenced in.
unangebaut, *adj.*, uncultivated.
unangenehm, *adj.*, disagreeable, unacceptable.
unbedeutend, *adj.*, insignificant.
unbefriedigt, *adj.*, unsatisfied, unappeased.
unbegreiflich, *adj.*, inconceivable.
unbekannt, *adj.*, unknown.
unbeschreiblich, *adj. and adv.*, unspeakable, utterly.
unbewohnt, *adj.*, uninhabited.
und, *conj.*, and.
unermeßlich, *adj.*, immeasurable, untold.
unersättlich, *adj.*, insatiable.
unersteiglich, *adj.*, unscalable.
unerwidert, *adj.*, unanswered.
Unfall, –es, ⁰e, *m.*, accident.
ungefähr, *adv.*, about.
ungeheuer, *adj.*, immense.
Ungeheuer, –s, –, *n.*, monster.
Ungemach, –s, –e, *n.*, misfortune.
ungemein, *adj.*, uncommon, extraordinary; *adv.*, very much.

ungern, *adv.*, unwillingly; *w. verbs*, not like to.
ungestaltet, *adj.*, uncouth, ill-shaped.
Ungestüm, –s, *n.*, violence, violent force.
ungewiß, *adj.*, uncertain.
Ungewißheit, –, –en, *f.*, uncertainty.
unglaublich, *adj.*, unbelievable, incredible.
Unglück, –es, *n.*, misfortune.
unglücklich, *adj.*, unfortunate; —er Weise, unfortunately.
Unglücksgenosse, –n, –n, *m.*, companion in misfortune.
unmäßig, *adj. and adv.*, immoderate(ly).
unmittelbar, *adv.*, directly.
unmöglich, *adj. and adv.*, impossible, not possibly.
unnachahmlich, *adj.*, inimitable.
unpäßlich, *adj.*, indisposed.
Unrecht, –es, *n.*, wrong, error, injustice.
unruhig, *adj. and adv.*, restlessly.
unschuldig, *adj.*, innocent.
unser, *poss. adj.*, our; *poss. pron.*, ours; *pers. pron.*, gen. of wir, of us.
unsicher, *adj.*, unsafe.
Unsinnige, –n, –n, *m.*, one bereft of his senses, madman.
untätig, *adj.*, inactive, indolent.

unten, *adv.*, below.

unter, *prep. w. dat. and acc.*, below, under, among, amidst.

Untergang, –es, ⸗e, *m.*, destruction, sinking; — eines Schiffes, shipwreck.

un'ter⸗gehen, ging, gegangen, *i., f.*, go down, sink.

Unterhalt, –es, *m.*, subsistence.

unterhalten, ie, a, *refl.*, amuse one's self.

unterhielt, *see* unterhalten.

unterirdisch, *adj.*, subterranean.

Unterlippe, –, –n, *f.*, under lip.

unternehmen, a, unternommen, *t.*, undertake.

Unternehmung, –, –en, *f.*, undertaking.

unternommen, *see* unternehmen.

unterscheiden, ie, ie, *t.*, distinguish.

unterstehen, unterstand, unterstanden, *refl.*, dare.

Untertan, –s, –en, *m.*, subject.

untertänig, *adj.*, subject.

untertauchen, *i., h. and f.*, dive down, plunge.

unterwegs, *adv.*, on the way.

unterwerfen, a, o, *refl., w. dat.*, submit to, be subject to.

unübersehbar, *adj.*, boundless, countless.

unverwandt, *adj.*, immovable, fixed.

unwiderstehlich, *adj.*, irresistible.

Unwille, –(n)s, *m.*, anger.

unwillig, *adv.*, indignantly, angrily.

unzählig, *adj.*, innumerable.

Ureltern, *pl.*, ancestors.

Ursache, –, –n, *f.*, cause.

V

Vater, –s, ⸗, *m.*, father.

Vaterland, –(e)s, ⸗er, *n.*, native country.

Vaterstadt, –, ⸗e, *f.*, native city.

verbergen, a, o, *t.*, hide.

verbinden, a, u, *t.*, connect.

verborgen, *adj.*, hidden, concealed.

Verdacht, –es, *m.*, suspicion.

verdanken, *t.*, owe (to).

verdauen, *t.*, digest.

Verdeck, –es, –e, *n.*, deck.

verdecken, *t.*, hide, cover.

verdienen, *t.*, deserve; earn.

verdoppeln, *t.*, double.

verdorren, *i., f.*, dry up, wither.

verenge(r)n, *refl.*, grow narrower, narrow.

verfaulen, *i., f.*, rot.

verfertigen, *t.*, manufacture, make.

verfinstern, *refl.*, grow dark.

verfolgen, *t.*, pursue.

vergangen, *adj.*, past.

vergaß, *see* vergessen.
vergebens, *adv.*, in vain.
vergehen, verging, vergan=
gen, *i., ſ.*, pass, fail.
vergessen, a, e, *t.*, forget.
vergeuden, *t.*, waste, dissi-
pate.
verging, *see* vergehen.
vergnügt, *adj.*, joyful.
vergönnen, *t.*, concede, grant.
vergraben, u, a, *t.*, bury.
verhallen, *i., ſ.*, die away.
verheiraten, *t.*, marry.
Verheiratung, −, −en, *f.*,
marriage.
verhüten, *t.*, prevent.
verkaufen, *t.*, sell.
verkennen, verkannte, ver=
kannt, *t.*, mistake, judge
wrongly.
verkriechen, o, o, *refl.*, crawl
away, hide.
verkroch, *see* verkriechen.
verkürzen, *t.*, shorten.
verlangen, *t.*, demand, desire,
want.
Verlangen, −s, *n.*, desire, request.
verlassen, ie, a, *t.*, forsake,
leave; desert.
verlassen, *adj.*, deserted.
verlegen, *adv.*, in embarrassment.
Verlegenheit, −, −en, *f.*, embarrassment.
verleiden, *t.*, disgust, spoil
one's pleasure.
verlesen, a, e, *t.*, take the
roll.

verlieren, o, o, *t.*, lose; sich
—, disappear.
verließ, *see* verlassen.
verlocken, *t.*, allure, entice.
verlor, *see* verlieren.
Verlust, −es, −e, *m.*, loss.
vermehren, *t.*, augment, increase.
vermeiden, ie, ie, *t.*, shun,
avoid.
vermied, *see* vermeiden.
vermindern, *t.*, lessen.
vermischen, *t.*, mix.
vermissen, *t.*, miss.
vermögen, vermochte, ver=
mocht, *t.*, be able.
Vermögen, −s, −, *n.*, property, fortune, wealth.
Vernunft, −, *f.*, reason, intelligence.
verpflichten, *t.*, engage,
oblige, bind.
verprassen, *t.*, squander.
verrufen, ie, u, *t.*, slander,
bring into discredit.
verrufen, *adj.*, notorious.
versagen, *t.*, deny, refuse.
versah, *see* versehen.
versammeln, *t.*, collect, group
around.
versank, *see* versinken.
verschaffen, *t.*, obtain.
verscheuchen, *t.*, scare away.
verschieben, o, o, *t.*, postpone.
verschieden, *adj.*, different,
various.
verschlagen, u, a, *t.*, drive out
(of their course); drive
to.

verschlingen, a, u, t., swallow, devour.

verschlucken, t., swallow.

verschob, *see* verschieben.

verschwand, *see* verschwinden.

verschweigen, ie, ie, t., conceal.

verschwiegen, *see* verschweigen.

verschwenden, t., waste, squander.

verschwinden, a, u, i., f., disappear.

verschwunden, *see* verschwinden.

versehen, a, e, t., provide (with).

versetzen, t., bring into, place; i., reply.

versichern, t., assure, protest, aver.

versinken, a, u, i., f., sink, be lost (in thought).

versorgen, t., provide, supply.

verstand, *see* verstehen.

Verstand, −es, m., intelligence, understanding.

Versteck, −es, −e, n., hiding-place.

verstehen, verstand, verstanden, t., understand, know how.

verstopfen, t., close, plug up.

verstreichen, i, i, i., f., pass.

verstrich, *see* verstreichen.

verstummen, i., f., grow silent, stop.

versuchen, t., try, attempt; taste.

vertauschen, t., exchange.

Vertrauen, −s, n., confidence.

vertraut, *adj.*, intimate, familiar.

vertreiben, ie, ie, t., make an end to.

vertrieb, *see* vertreiben.

verwahren, t., protect.

verwandeln, t., change, turn, transform.

Verwandte, −n, −n, m., relation.

verwegen, *adj.*, bold, daring, rash.

verwenden, verwandte, verwandt, t., use, employ.

verwest, *adj.*, decayed.

verwundert, *adj.*, astonished; *adv.*, in astonishment.

Verwunderung, −, f., astonishment.

verzehren, t., consume, devour, eat.

Verzeihung, −, f., pardon.

verziehen, verzog, verzogen, t., distort; *refl.*, be distorted.

verzog, *see* verziehen.

verzweifelnd, *adj.*, despairing.

Verzweiflung, −, f., despair.

viel, *adj. and adv.*, much, many.

vielleicht', *adv.*, perhaps.

vielmehr', *adv.*, moreover.

viert, *adj.*, fourth.

Viertelstunde, −, −n, f., quarter of an hour.

Vogel, −s, ", m., bird.

Bolk, –es, ⁔er, *n.,* people.
Völkerschaft, –, –en, *f.,* tribe, nation.
voll, *adj.,* full.
völlig, *adj.,* complete; *adv.,* completely.
vollkommen, *adj.,* perfect.
vom = von dem.
von, *prep. w. dat.,* of, by, in, on, from.
vonstatten gehen, *i.,* ſ., proceed, prosper.
vor, *prep. w. dat. and acc.,* before, from; instead of.
voraus, *adv.,* ahead, in advance.
voraus'-steigen, ie, ie, *i.,* ſ., climb ahead.
voraus'-zählen, *t.,* count in advance.
vorbei', *adv.,* by, past, along.
vorbei'-gehen, ging, gegangen, *i.,* ſ., pass by.
vorbei'-kommen, kam, o, *i.,* ſ., pass (by).
vorbei'-laufen, ie, au, *i.,* ſ., run by.
vorbei'-segeln, *i.,* ſ., sail past.
Vorderzahn, –es, ⁔e, *m.,* front tooth.
Vorgebirge, –s, –, *n.,* promontory.
vorher', *adv.,* before, beforehand.
vorhin', *adv.,* a short time ago.
vorig, *adj.,* preceding, last.
Vorkehr, *f.,* precaution; — treffen, take measures.

vor'-legen, *t.,* put before.
Vorrat, –es, ⁔e, *m.,* store, food supply.
Vorratshaus, –es, ⁔er, *n.,* warehouse.
Vorschlag, –es, ⁔e, *m.,* proposal.
vor'-setzen, *t.,* put before.
Vorsicht, –, *f.,* foresight, prudence.
Vorsprung, –es, ⁔e, *m.,* start, lead.
vor'-stellen, *t.,* represent, point out; put before; present.
Vorteil, –es, –e, *m.,* advantage, profit.
vorteilhaft, *adj.,* profitable; *adv.,* profitably.
vortrefflich, *adj.,* excellent.
vorü'ber-segeln, *i.,* ſ., sail past.
Vorwand, –es, ⁔e, *m.,* pretext.
vorwärts, *adv.,* ahead.
vor'wärts-gehen, ging, gegangen, *i.,* ſ., go forward.
Vorwurf, –es, ⁔e, *m.,* reproach; **Vorwürfe machen,** reproach.
vor'-ziehen, zog, gezogen, *t.,* prefer.
Vulkan', –es, –e, *m.,* volcano.

W

wachsen, u, a, *i.,* ſ., grow.
wacker, *adj.,* honest.
Waffe, –, –n, *f.,* weapon, arm.

wagen, *t. and refl.*, risk, venture, dare.
Wahl, –, –en, *f.*, choice.
wählen, *t.*, choose.
wahnsinnig, *adj.*, crazy.
wahr, *adj.*, true, real.
wahren, *t.*, last.
während, *prep. w. gen. and dat.*, during, for; *conj.*, while.
währenddem, *adv.*, meanwhile.
Wahrheit, –, –en, *f.*, truth.
Wahrheitsliebe, –, *f.*, love of truth, veracity.
wahrscheinlich, *adv.*, probably, apparently.
Walwal, –s, *n.*, an island.
Wald, –es, ̈er, *m.*, forest.
wälzen, *t.*, roll.
Wand, –, ̈e, *f.*, wall.
wandeln, *i.*, *s. and h.*, wander.
wandern, *i.*, *s. and h.*, wander.
Wanderung, –, –en, *f.*, wandering, travel, trip, journey.
wand hinauf, *see* hinaufwinden.
wandte, *see* wenden.
wandte an, *see* anwenden.
wann, *adv. and conj.*, when.
war, *see* sein.
warb, *see* werben.
Ware, –, –n, *f.*, goods, merchandise.
Warenballen, –s, –, *m.*, bale of merchandise.
war entgegen, *see* entgegensein.

warf, *see* werfen.
warf ab, *see* abwerfen.
warf herab, *see* herabwerfen.
warf hin, *see* hinwerfen.
warf nieder, *see* niederwerfen.
war fort, *see* fortsein.
warnen, *t.*, warn.
warten, *i.*, wait (for, auf).
warum', *adv.*, why.
was, *interrog. pron.*, what; *rel. pron.*, that.
Wasser, –, –s, *n.*, water.
wässern, *t.*, water, irrigate.
Wasserschlange, –, –n, *f.*, water snake.
weben, wob, gewoben, *or* weak, *t.*, weave.
wecken, *t.*, waken.
weder...noch, *conj.*, neither ...nor.
Weg, –es, –e, *m.*, way, path.
weg, *adv.*, away.
weg'-führen, *t.*, lead away.
weg'-gehen, ging, gegangen, *i.*, *s.*, go away.
weg'-heben, o, o, *t.*, lift up and carry away.
weg'-holen, *t.*, fetch away; steal.
weg'-steigen, ie, ie, *i.*, climb (over).
weg'-tragen, u, a, *t.*, carry away.
weh(e), *interj.*, woe, alas; — mir! woe is me! — tun, *w. dat.*, grieve, cause pain.
wehen, *i.*, blow, wave.

wehren, *t.,* defend, oppose, forbid.

wehrlos, *adj.,* defenseless.

weich, *adj.,* soft.

weiden, *t. and i.,* graze.

weigern, *refl.,* refuse.

weil, *conj.,* because, since.

Weile, -, *f.,* time, while.

Wein, -(e)s, -e, *m.,* wine.

weinen, *i.,* weep.

Weinflasche, -, -n, *f.,* wine bottle.

Weise, -, -n, *f.,* manner.

weise, *adj.,* wise.

weiß, *see* **wissen.**

weiß, *adj.,* white.

weit, *adj.,* vast, wide, far, far off; *adv.,* far, by far; **bei —em,** by far.

weiter, *adj. and adv.,* further.

wei'ter-denken, dachte, gedacht, *i.,* keep on thinking.

weiterrannte, *see* **weiterrennen.**

wei'ter-rennen, rannte, gerannt, *i., f.,* keep on running, start running again.

weithin', *adv.,* far off.

weitläufig, *adj.,* vast, large.

welch, -er, -e, -es, *rel. and interrog. adj. and pron.,* who, which, what, that.

Welle, -, -n, *f.,* wave.

Welt, -, -en, *f.,* world.

Weltgegend, -, -en, *f.,* part of the world.

wenden, wandte, gewandt, *or* weak, *t.,* turn.

Wendung, -, -en, *f.,* turn.

wenig, *adj. and adv.,* little; **—e,** few.

wenn, *conj.,* if, when.

wer, *rel. and interrog. pron.,* who, whoever.

werden, a *or* wurde, o, *i., f.,* become, grow; be.

werfen, a, o, *t.,* throw, cast.

Werk, -es, -e, *n.,* work.

Wert, -es, -e, *m.,* value.

Wesen, -s, -, *n.,* being.

wetzen, *t.,* sharpen.

widerspenstig, *adj.,* stubborn.

Widerstand, -(e)s, ⸚e, *m.,* resistance.

wie, *adv.,* as, how, what; *conj.,* as, when.

wieder, *adv.,* again.

wiederholen, *t.,* repeat.

wie'der-kommen, kam, o, *i., f.,* come back, return.

wies an, *see* **anweisen.**

Wiese, -, -n, *f.,* meadow.

wild, *adj.,* wild, savage.

Wilde, -n, -n, *m.,* savage.

wildverwachsen, *adj.,* wild, luxuriant in growth.

Wille, -ns, *m.,* will; **um... willen,** for the sake of.

willkommen, *adj.,* welcome.

Wind, -es, -e, *m.,* wind.

winden, a, u, *t.,* wind.

Windstille, -, -n, *f.,* calm.

Windstoß, -es, ⸚e, *m.,* gust of wind.

Winkel, -s, -, *m.,* corner, nook.

winken, *i.,* beckon.

wirklich, *adv.,* really.

Wirkung, –, –en, *f.*, influence, action.

wirtschaften, *i.*, manage.

wissen, wußte, gewußt (*pres.*, weiß), *t. and i.*, know.

wittern, *t.*, smell, scent.

wo, *adv.*, where.

Woche, –, –n, *f.*, week.

wodurch', *adv.*, through which, whereby.

Woge, –, –n, *f.*, wave; brandende —n, breakers, surf.

wohin', *adv.*, whither, whereto, where, wherever.

wohl, *adv.*, well, surely, of course, probably, possibly, I wonder.

wohlan', *interj.*, well then.

Wohlbehagen, –s, *n.*, feeling of comfort.

wohlbehaglich, *adj.*, comfortable.

wohlbereitet, *adj.*, well prepared.

wohlbesetzt, *adj.*, well stocked.

wohlerworben, *adj.*, well earned.

Wohlgefallen, –s, *n.*, satisfaction; **wohlgefallen lassen,** take pleasure in.

wohlgenährt, *adj.*, well-fed, fat.

Wohlgeruch, –es, "e, *m.*, sweet odor, fragrance.

wohlmeinend, *adj.*, well-meaning.

wohlschmeckend, *adj.*, palatable, tasty.

Wohlstand, –es, *m.*, wealth, prosperity.

Wohltat, –, –en, *f.*, benefit, good deed.

wohltätig, *adj.*, charitable.

wohnen, *i.*, live, dwell.

Wohnung, –, –en, *f.*, dwelling.

Wolke, –, –n, *f.*, cloud.

wollen, *i. and t.*, will, wish, want, intend, be about to, try to.

womit', *adv.*, with which, whereby.

woran', *adv.*, by which.

worauf', *adv.*, whereon, whereupon.

worden, *see* **werden.**

Wort, –es, –e, *n.*, word.

worunter, *adv.*, among which.

wovon', *adv.*, of which.

wuchs, *see* **wachsen.**

Wunder, –s, –, *n.*, miracle.

wunderbar, *adj.*, wonderful.

wunderlich, *adj. and adv.*, strange(ly).

wundern, *impers. or refl.*, wonder.

Wundertier, –es, –e, *n.*, strange beast.

Wunsch, –es, "e, *m.*, wish.

wünschen, *t. and i.*, wish.

wurde, *see* **werden.**

würdigen, *t.*, *w. gen.*, consider worthy of.

Wurf, –es, "e, *m.*, throw.

Wurzel, –, –n, *f.*, root.

wußte, wüßte, *see* **wissen.**

Wut, –, *f.*, fury.

wüten, *i.*, rage.

3

zagen, *i.*, hesitate, fear.
zählen, *t. and i.*, count, number.
zahlreich, *adj.*, numerous.
Zahn, –es, "e, *m.*, tooth.
Zaum, –es, "e, *m.*, bridle.
zäumen, *t.*, bridle.
Zechine, –, –n, *f.*, sequin (a coin).
Zeder, –, –n, *f.*, cedar.
zehnt, *adj.*, tenth.
zehren, *i.*, spend, waste.
Zeichen, –s, –, *n.*, sign, token.
zeigen, *t.*, show; *i.*, point (to, auf).
Zeilan, –s, *n.*, Ceylon.
Zeit, –, –en, *f.*, time.
Zelt, –es, –e, *n.*, tent.
Zentner, –s, –, *m.*, hundredweight.
zerbrechlich, *adj.*, fragile.
zerfleischen, *t.*, tear in pieces.
zerlumpt, *adj.*, in rags, ragged.
zerquetschen, *t.*, crush.
zerraufen, *t.*, tear.
zerreißen, i, i, *t.*, tear, break.
zerriß, *see* zerreißen.
zerschlagen, u, a, *t.*, break into pieces.
zerschmettern, *t.*, shatter, smash, dash to pieces.
zerstreuen, *t.*, disperse, scatter.
zertrümmern, *t.*, dash to pieces, break.
Zeuge, –n, –n, *m.*, witness.

ziehen, zog, gezogen, *t.*, draw; *i.*, *f.*, move, walk, go, start out.
Ziel, –es, –e, *n.*, goal.
zielen, *i.*, aim.
ziemlich, *adj.*, considerable; *adv.*, rather, tolerably.
zieren, *t.*, adorn, decorate.
Zimmt, –es, *m.*, cinnamon.
zischen, *i.*, hiss.
zittern, *i.*, tremble.
zog, *see* ziehen.
zog aus, *see* ausziehen.
zog nach, *see* nachziehen.
zog zurück, *see* zurückziehen.
zornig, *adj. and adv.*, angry, angrily.
zu, *prep. w. dat.*, to, toward, by, at, for; *adv.*, too.
zubrachte, *see* zubringen.
zu'-bringen, brachte, gebracht, *t.*, bring, spend (the night).
zu'-decken, *t.*, cover up.
zu'-eilen, *i.*, *f.*, hasten toward.
zuerst', *adv.*, at first.
zu'-fahren, u, a, *i.*, h. *and* f., journey to, sail toward.
zufällig, *adv.*, by chance, accidentally.
zu'-fliegen, o, o, *i.*, f., fly to, fly toward.
Zufluchtsort, –es, –e, *m.*, retreat, place of refuge.
zufrieden, *adj.*, satisfied, contented.
Zufriedenheit, –, *f.*, satisfaction.

Zug, –es, ⸚e, m., procession; draft; current.

zu'=gehen, ging, gegangen, i., s., go to, approach; happen.

zugestoßen, *see* zustoßen.

zugleich', adv., at the same time.

zu'=halten, ie, a, t., keep closed, hold.

zu'=horchen, i., listen to.

zu'=hören, i., listen.

zu'=laufen, ie, au, i., s., run toward.

zu'=lenken, t., steer for.

zuletzt', adv., at last, finally.

zum = zu dem.

zumal', adv., altogether; moreover, especially.

zunächst', adv., near by, in the neighborhood.

zünden, t., light.

zu'=nehmen, a, genommen, i., increase, grow.

zu'=nicken, i., nod.

zunutze, adv., sich etwas — machen, profit, avail one's self of.

zur = zu der.

zu'=richten, t., prepare, construct.

zurück', adv., back.

zurück'=blicken, i., look back.

zurück'=bringen, brachte, gebracht, t., bring back.

zurück'=eilen, i., s., hurry back.

zurück'=gehen, ging, gegangen, i., s., go back.

zurückgekommen, *see* zurückkommen.

zurück'=kehren, i., s., return.

zurück'=kommen, kam, o, i., s., come back.

Zurückkunft, –, f., return.

zurück'=lassen, ie, a, t., leave behind.

zurück'=reisen, i., s., return.

zurück'=reiten, ritt, geritten, i., s., ride back.

zurück'=springen, a, u, i., s., jump back.

zurück'=ziehen, zog, gezogen, refl., return, journey back.

zu'=rufen, ie, u, t. and i., call out to.

zu'=sagen, t., pledge, promise.

zusammen, adv., together.

zusam'men=binden, a, u, t., bind together, tie together.

zusam'men=drücken, t., squeeze.

zusam'men=kaufen, t., purchase, buy in.

zusam'men=packen, t., pack together.

zusam'men=schlagen, u, a, t., clasp.

zusam'men=stürzen, i., s., fall in a heap.

zu'=schießen, o, o, i., rush upon.

zu'=schiffen, i., s., sail for.

zu'=schreiben, ie, ie, t., impute to, attribute to.

zu'=sehen, a, e, t., watch, witness.

Zustand, –es, ⸚e, m., condition.

zu'=stellen, *t.*, hand over; wieder—, return.
zu'=steuern, *i., f.*, steer for.
zu'=stoßen, ie, o, *i., f.*, happen.
zutraulich, *adj.*, familiar.
zuvor', *adv.*, first.
zuweilen, *adv.*, from time to time, sometimes, at times.
zwang, *see* zwingen.
zwanzig, *num.*, twenty.
zwanzigtausend, *num.*, twenty thousand.

zwar, *adv.*, indeed, it is true.
zwei, *num.*, two.
zweifelhaft, *adj.*, doubtful.
zweifeln, *i.*, doubt.
zweihundert, *num.*, two hundred.
zweijährig, *adj.*, two-year-old.
zweit, *adj.*, second.
zwingen, a, u, *t.*, compel.
zwischen, *prep. w. dat. and acc.*, between.